特別になりたい

t o k u b e t s u n i n a r i t a i

「ずるいと思うんだけど」

昼時の学食、カレーが載せられたトレーをテーブルに置きつつ滝野友里恵《たきのゆりえ》が発してきた非難に、カツカレーをスプーンですくっていた紺野翔太《こんのしょうた》は軽く眉《まゆ》を寄せた。

「なんだよ、そんなに食いたかったのかよ」

数分前翔太がゲットしたのは今日最後のカツカレーだ。友里恵もカツカレーを食べたかったのに、売り切れていて普通のカレーになったというところだろうか——そう踏んで翔太はため息をつき、三年目の付き合いになる同級生を見やった。

「しょうがねえな、一切れだけだぞ」

「なに言ってんの、カレーはどうでもいいのよ。それよそれ」

「は?」

きっぱりと言われ、翔太は右隣に座る寺井和弘《てらいかずひろ》に思わずきょとんと顔を向けた。特盛の豚丼《ぶたどん》を食べていた特盛サイズの一歳下の幼なじみが、さあ、と箸《はし》を銜《くわ》えたまま目で答えてくる。首をひねる翔太に、それ、と友里恵と一緒にやってきた、やはり同級生の安住芽衣《あずみめい》がテーブルに置かれたスマートフォンを指さした。

「そのストラップ。橿原《かしはら》くんが作ってくれたんでしょう?」

「ああ、これか」

そういうことかと納得して、翔太は真新しいスマートフォンを手に取った。

「きれいだろ。やっぱ橿原、すげえよなあ」

買い換えたばかりのスマートフォンにつけられているのは、とんぼ玉のストラップ。うららとした春の日差しを浴びて、ガラスがやわらかな輝きを放つ。アパートの隣人でもあり、同じ大学の一学年後輩でもあり、そしてここ小樽《おたる》ばかりではなく、北海道内外から新進気鋭の学生ガラス工芸作家として注目を集めている橿原灯《ともる》がプレゼントしてくれたものだ。

瑠璃色《るりいろ》と茜色《あかねいろ》の小さなとんぼ玉が段違いでふたつ。朝焼けと夕焼けをイメージしたというとんぼ玉は、どちらもグラデーションが見事だった。翔太も一目見た瞬間、さすが橿原だと感動した。

「スマホ新しくなったから、よかったらどうぞってくれたんだけど。でももらったの昨日だぞ？　よく知ってんな」

いくら単科大学とはいえ、四学年合わせれば数百人はいる。女子たちの恐るべき情報収集能力の高さに翔太が驚くと、当たり前、と友里恵と芽衣が同時に胸を張った。

「気付かないわけないじゃない。あの橿原くんの作品だよ？　あ、言っておくけど紺ちゃんが注目されてるわけじゃないからね」

「わかってますよ」

この一年、耳に胼胝《たこ》が出来るくらい言われ続けている言葉に、はいはいと翔太が実のない返事をした。

「うわ、紺ちゃん、おもいっきり流してる」

「仲いいからって生意気ー」

芽衣と友里恵から飛んでくる文句を無言で躱《かわ》し、付け合わせに頼んだサラダにドレッシングをかける。ついでに和弘の、手つかずだったほうれん草のおひたしにも醤油《しょうゆ》を垂《た》らした。

「カズ、肉ばっかり食ってないでちゃんと野菜も食えよ」

「わ、翔ちゃんのおかんモード発動」

柔道部所属というのがしっくりくる大きな体を揺らして和弘が友里恵たちと笑い合う。人懐《ひとなつ》こい和弘は、いつの間にか学年が違う友里恵たちとも親しくなっている。

少ししてから芽衣が、そういえば、とエビピラフを食べながらおっとりと口を開いた。

「寺井くんと紺ちゃんが仲いいのは地元が同じだからってわかるんだけど、紺ちゃんと樫原くんが仲いいのってなんで？　寺井くんつながり？」

「いや、単におれと樫原が同じアパートだから」

翔太がレタスをしゃりしゃり齧《かじ》りつつ答えた。それはわかるけど、と友里恵が後を継ぐ。

「でも紺ちゃんのアパート、ほとんど全員うちの大学の学生じゃん。それなのにその中でなんで紺ちゃんにだけ樫原くんが懐いたのか不思議なのよ」

「んー、わかんねえけど、そういうもんじゃねえの、友達って」

淡々と応じてカレーを口に運ぼうとした途端、翔太の腕がガシッと友里恵に拘束《こうそく》された。

「え、なに？」

突然の制止に面食らう。それ、と友里恵が視線でカツを指した。

「言ったじゃん、一切れくれるって。ちょうだい」

「え、あの話生きてんの？」

翔太が面食らう。もちろんよ、と可愛《かわい》い顔をして誰よりも食い意地の張っている同級生はきっぱりと頷いた。

「私も食べたい、カツー」

「オレもオレも」

続けて芽衣と和弘まで便乗してねだってくる。

「待て、なんで豚丼にカツなんだよ」

「いいんだよ、カツはなんにでも合うんだから」

「そうよ、カツは世界を救うのよ」

「なんだそれ、聞いたことねえ」

文句を言いつつ、それでも三人に一切れずつ分けてやった翔太の目に、不意に見慣れた長身が飛び込んできた。

「お、橿原」

翔太が名を呼んだ。同時にこちらに気づいたのか、橿原が一瞬立ち止まる。来いよと翔太がひょいひょい手招きすると、ゆっくりと向かってきた。女子ふたりが、きゃあ、と日頃は出さない甘い悲鳴を上げる。

（人気だよなぁ……）

目を輝かせているのは友里恵たちばかりではない。あたりに座る女子たちの大半が、檀原に視線を奪われているのが見て取れた。掃除機だったら「超」が一万個くらい付きそうな強力な吸引力だ。

確かに人気なのもわかる。おそらく誰の目から見ても、檀原はいわゆるイケメンだ。「ガラス王子」というあだ名がはまる、繊細《せんさい》で端整な顔立ち。そのくせ一八五センチある体は細身ながら筋肉質というのが女子たちのツボらしい。

おまけに本人は身なりにほとんど頓着《とんちゃく》しないタイプだけれど、もともとの素材がいい上、美的なセンスが無自覚にいいから、手入れをしなくてもちゃんと様になる。たとえば髪だって単に床屋に行く暇《ひま》がなくて長めになっているだけなのに、茶色がかった髪色のせいもあって、あたかもそういうふうに作られたスタイルにみえてしまうのだから敵《かな》わない。

「――こんにちは」

人の波をくぐってテーブルに来た檀原が、控《ひか》えめな態度で会釈《えしゃく》した。こんにちは、と友里恵と芽衣が全身からこれでもかというほどに好意を発散させ挨拶《あいさつ》を返した。座れと翔太が左隣の椅子を引いてやると、檀原は軽く頭を下げた。

「すみません、お邪魔します」

見えないガラスの粒《つぶ》をきらきらとまき散らし、あんかけ焼きそばの皿をテーブルに置いて礼儀正しく呟いた櫂原に、邪魔じゃねえよと翔太は笑った。

「ほら、櫂原にもカツやるよ」

ひょいと焼きそばの皿にカツを置いてやる。

「いいんですか」

櫂原がわずかに目を見開いた。いいのいいのと何故《なぜ》か友里恵が勧める。

「紺ちゃん優しいから、私たちにもくれたの。櫂原くんももらっちゃいなよ」

結果は同じでも過程がまったく違う説明をする友里恵に抗《あらが》う気力も出ない。はははと力なく笑って翔太はレタスを齧った。

「……じゃあ焼きそばを」

櫂原があんかけ焼きそばをつまみ、翔太のカレー皿の空《あ》いたスペースに載せてくれた。

「え、くれんの?」

「お返しです」

ちいさく答え、いただきます、と櫂原が食べ始める。翔太の心がほわりと和《なご》む。この優しさが櫂原だ。

「お、ラッキー」

けれど感動する間もなく、和弘が横から箸《はし》を伸ばしてきて、焼きそばを半分奪っていった。

「カズー……」

「ん、やっぱ美味《うま》いな、あんかけ。明日オレも頼もう」

満足そうにひとりごちる和弘に苦笑しながら、友里恵と芽衣から飛んでくる『それ寄越せ』ビームには気付かないふりをして、翔太はあんかけ焼きそばを啜《すす》った。

整った容姿やその才能のせいで、一見とっつきにくい雰囲気《ふんいき》にみえる櫃原だが、本当はそんなことはない。ひとりでいることが多いのは人見知りなせいだし、話しにくく思われてしまうのは無駄な笑顔と口数が少ないせいだ。損をしているようで勿体《もったい》ない気がしてしまう翔太と違い、自分のことをわかってくれるひとはひとりかふたりいれば充分なので、と櫃原はあくまで達観している。

「櫃原、翔ちゃんのストラップ見たよ。カッコいいな」

和弘の素直な賞賛を受け、どうも、と櫃原がちいさく頭を下げた。それを契機に友里恵たちも話しかける。

「すごくきれいだね。朝と夕方のイメージなんだって?」

「ホントホント。ずうっと見てたい感じ」

目をウルウルさせて感想を言った女子ふたりに、ありがとうございます、と落ち着いた態度で櫃原は礼をした。

「今度私も作ってほしいなあ。もちろんお金は払うから」

「いえ、まだ売り物に出来るようなものは作れないので」

計算してか無意識か、櫨原があっさりと芽衣の依頼を断った。芽衣も友里恵もそこまで図々《ずうずう》しくないので、じゃあタダで作って、とはさすがに言えない。

それでもこのチャンスを逃《のが》してはならないと思うのか、即座に気を取り直したらしく、ぐっと身を乗り出した。

「ねえ、今度一緒にご飯食べに行かない？」

友里恵が満面の笑みを浮かべて櫨原に誘いかけた。行く行くと誘われていない和弘が頷いたが、さくっと無視された。

「小樽でも札幌《さっぽろ》でもどっちでもいいよ。小樽なら櫨原くんのオススメのお店がいいな。私たちまだ全然詳《くわ》しくないから」

札幌から通学しているとはいえ、二年通ってすっかり小樽通になっているくせに、友里恵と芽衣が逆おのぼりさんをアピールした。

けれど櫨原の反応は芳《かんば》しいものではなかった。

「すみません、俺も全然詳しくないので」

「え、いや、いいよ、どこでも」

友里恵が慌ててフォローを入れたものの櫨原はそれ以上話に乗らず、ただ黙々とあんかけ焼きそばを食べた。

完璧《かんぺき》なまでの付け入る隙の無さに、ふたりが翔太に助けを求めるまなざしを向けてくる。

(困ったなあ……)

正直自分にどうにか出来るとは思えない。だけどとりあえず口を開いてみた。

「なあ、たまには飯とか飲みとか行ってみたら？　世界が広がったりするかもしれないし」

我ながらまったく説得力ゼロだとわかりつつ、そらぞらしく声にする。案の定《じょう》、隣からは渋い表情が返された。

「すみませんけどやっぱり」

だよなあ、と翔太は心の中でしみじみと頷いた。ムリだな、と和弘も豚丼をかきこみながらちいさく首を縦に振る。

樫原が入学してからこの一年、夜の街に出た回数は余裕で片手で足りるほどだろう。こうして女子たちからの誘いはしょっちゅうあるのに、まず受けたことがない。基本的に夜の街を出歩くのが嫌いな人間だということは翔太もよくわかっていた。というよりも、そんな時間があるならそのぶん工房に入っていたいのだろうと思う。

樫原はとにかくガラスが好きだ。

祖父も父もガラス職人で、小樽で工房を開いているという樫原は、子供のころから当然のようにガラスに触れて育ってきたらしい。しかも血筋か、はたまた本人の才能か、高校在学中に品評会で入選し、一躍《いちやく》時の人となった。そのころまだ日高《ひだか》の町で呑気《のんき》に高校生活を送っていた翔太も、夕方のローカル番組で一歳下の男子のニュースを見た記憶がある。

だから去年の春、自分が暮らすアパートの隣室に櫃原が越してきたときは、あれっと数秒経《た》ってから気付いて驚いた。

実家と大学が数百キロ離れている自分と違い、家も大学も同じ小樽市内だという櫃原が、なぜわざわざアパートを借りて一人暮らしをするのかと感じた疑問は、隣のよしみで親しくなってほどなく解けた。櫃原は時間さえあれば工房に入っていたいのだ——本当にガラス作りに情熱を傾けている。

敢《あ》えて大学に、それも芸術系ではない経済学科に進んだのも、将来的に工房の経営者になるからということのほかに、大学にでも行かなければ、朝から晩までずっとガラス作りに没頭《ぼっとう》する状態になると両親が危ぶんだからだそうだ。同じ理由で一人暮らしも勧めたらしい。

(若いうちはいろんなことをやってみなきゃな。自分が好きなことばかりにのめりこむと、その時は良くてもあとになってから後悔する。年を取るとどうしても感性が鈍《にぶ》くなるから、心がやわらかい今の時期にいろんなことを経験して、吸収してもらいたいんだ。それが必ず灯の養分になる)

ガラス工芸作家という肩書に似合う、どことなく芸術家的な風貌《ふうぼう》の父親がそう翔太に話してくれたのは、去年のゴールデンウイーク、初めて櫃原の実家兼工房に招かれた時のこと。夕食を勧められ、言葉に甘えてご馳走《ちそう》になった。盃《さかずき》を酌《く》み交《か》わしているうち、ほろ酔《よ》い加減になった父親が語り始めたのだ。

（それに友達を作れるのも、やっぱり学生のうちが一番だし。もともと人付き合いが苦手な子だから、正直大学に行ってもどうかと思ってたんだけど、紺野くんみたいに明るい子が隣に住んでてくれたなんて本当にラッキーだったよ）

（いやいや、買いかぶりすぎですって）

酔いも手伝い、にゃははとだらしない笑いで翔太が返したときだった。

（買いかぶりじゃないです）

きっぱりと否定の言葉が響いた。振り向くとガラスの徳利《とっくり》を持った櫃原が立っていた。

（買いかぶりじゃない）

もう一度はっきりと櫃原が言った。これ以上否定するのも空気を壊してしまいそうで、サンキュ、と翔太はどことなくしどろもどろになりながら返事をした。

はい、と櫃原がきらめく薄茶の瞳で、こちらを見て頷いた。

どうしてだか胸のあたりがくすぐったかった。

(――そうか、ここに来るようになってもう一年になるんだっけ)

ふと思い出し、翔太は心の中で息をついた。

どうしてふたりは仲がいいのか――先週学食で芽衣に訊《き》かれた言葉が不意に心に浮かび、つらつらと背景を思い返していたところだった。

「どうしてって言われてもなあ……」

ぽそりとひとりごちる。ごく自然にとしか言いようがない。特に意識したわけでもなく、ふと気がついたときには一緒に夕飯を食べたり、こうしてガラス作りをする橿原を見たりするようになっていた。

土曜の今日もこうしてバイトを終えたあと、橿原に誘われ、橿原の実家にやってきた。今翔太がいるのは工房に隣接している控《ひか》え室《しつ》だ。大きな窓ガラス越し、熱がこもる工房の中、Tシャツ姿の橿原が汗をにじませて作業をしているのが見える。

工房にいる橿原はとてつもなく集中している。扱《あつか》っているのは高温の溶解したガラスで、一歩間違えると大きな事故につながりかねないのだから一瞬たりとも気が抜けないのもわかるし、そもそもガラス作りが心底から楽しくて仕方がないのだろう。

今作っているのは六月の大学祭で展示を依頼された作品だ。どんなものになるのかまだわからなくても、今から完成が待ち遠しい。

橿原の真剣な姿を見ているのは楽しかった。橿原自身がガラスの彫刻のように、キラキラと輝いている。そんな姿を見ていると、自分が作っているわけでもないのにわくわくする。この一年、月に一度はこうして櫂原の作業を眺《なが》めていた。

去年の三月の終わり、引っ越しの挨拶に櫂原が来てくれたとき、話の流れで櫂原の部屋に上がらせてもらい、櫂原が作った日常使いの食器や小物を見せてもらった。

今にして思えば、人付き合いが苦手な櫂原がよく嫌な顔もせず初対面の自分に付き合ってくれたと申し訳なくなるけれど、その中で一番翔太の心に響いたのは、厚めの底から飲み口に向かい、渦《うず》を巻くように紺碧《こんぺき》が走るグラスだった。

(これ、すごくいいな)

しみじみと眺めながら呟いた翔太に、櫂原はちょっと驚いたような顔をして、それから自分もそのグラスが一番気に入っていると言った。その好みの一致がなぜか嬉しくて、一気に親近感が増した。しかも数日後、櫂原が同じものを作って贈ってくれて、好感度が最大になった。好きなものを貰《もら》えた嬉しさばかりではない。わざわざ自分のために手間と時間をかけて作ってくれた、その優しさに心を打たれたのだ。

きっかけらしいきっかけはそんなところで、そこからただの隣人以上の付き合いが始まった。夕食をふたりで作って食べたり、一緒に登校したり。たまには櫂原と同級生でもある和弘を交えることもあるものの、基本的に大人数を好まない櫂原に合わせて、ふたりで過ごすことが多い。

櫃原との空間は居心地が良かった。余計な気を遣うこともなく、遠慮《えんりょ》もしない。基本的に翔太は誰に対しても気を張らないが、特に櫃原には素《す》の状態でいられる。

「飽《あ》きない？」

そんなことを思いつつ櫃原を眺めていたら、不意に声をかけられた。櫃原の三歳上の姉、美《み》波《なみ》だ。弟同様美形の姉が、どうぞ、とオレンジジュースを差し出してくれる。ありがとうございます、と翔太がグラスを受け取った。

「見てるだけっていうのもつまらなくない？　紺野くんもまたやってみたら？」

朗《ほが》らかに誘う美波に、いやいやいや、と苦笑いして首を振った。

「前に吹きガラスやらせてもらったとき、美波さんも見てたでしょ？　すごい形になっちゃって。おれすぐ慌てるし、そそっかしいしダメなんですよ。それに見てるの面白《おもしろ》いし。自分の想像とは全然違うものになっていったりして」

答えた翔太を見やり、美波がおだやかに微笑《ほほえ》み、口を開いた。

「灯のお友達がガラスに興味を持って、工房に見に来てくれたことって今までに何回かあるんだけど、大抵みんな三回か四回で終わっちゃってたの。ほら、あのとおり自分の世界に入っちゃう子だしね、居づらくなっちゃったり、つまんなくなっちゃったりしたみたいで」

「ああ――」

確かにその心情は理解できなくもない。おそらく見学者の大半は櫃原に気のある女の子たちで、憧《あこが》れのひとが一心に作業する姿を見るのは嬉しいだろうけれど、ただ見ているだけというのがいろいろな意味でせつなくなってしまう気持ちもわかる。

何せ橿原は一旦《いったん》工房に入ると、ほかのことに見向きもしなくなるのだ。翔太だって、おそらく自分の存在を忘れられているんだろうなと思うことはたびたびだ。

もっともそれを不満に思ったことはない。溶解したガラスの塊が形を変えていくのを見るのも、夢中になっている橿原を見るのもどちらも楽しい。

「おれはしつこいんで。邪魔だって言われるまで来ると思います」

ふざけて堂々と言い切ると、来てやって、と美波が笑った。

「紺野くん、卒業したらうちに就職してくれないかなあ。経理も接客もどっちもいけそう。紺野くんみたいな子が勧めてくれたら、お客さん、ひとつ買う予定だったグラスをふたつ買ってくれるわ」

「なに言ってんですか。美波さんが店に立ってたほうがずっといいですよ」

「ううん、うちのお客さんは女の人が多いから、やっぱり格好いい男の子が一番なのよ」

美波は札幌の大学を卒業後、市内に二軒あるうちの一軒のショップで働いている。橿原いわく「やり手の姉」だが、やはり苦労はあるのだろう。

「あ、でもそれなら橿原を店に出させたら？」

「ムリムリ、店番しなきゃならないなら売らなくていいって言うわ。ホント作ることしか興味がないの。私から見たらガラス王子じゃなくてガラス馬鹿よ」

指先でネックレスをいじりながら美波が容赦《ようしゃ》なく言った。ひでえ、と翔太が大笑いする。

「けどおれは楽しいですよ、樫原がガラス作るのを見てるの。好きなことに夢中になってる姿って、こっちも元気になるっていうか」

上手《うま》く説明できない自分に焦《じ》れつつ口にする。美波はそんな翔太にやわらかなまなざしを投げかけてくれた。

「紺野くんみたいな子が灯の友達になってくれて良かった」

「いや、おれ悪影響しか与えてないし」

照れくささに茶化して返す。そんな気持ちを読んでいるように、美波は軽やかな笑みを浮かべた。

「どんな影響でもいいから刺激してやって。ものを作るひとってそういうの必要だと思うから」

「後で文句言われても受け付けませんよ？」

オッケー、と悪戯っぽく親指を立てて請《う》け合《あ》った美波が、あ、と声を上げた。その視線につられて翔太も顔を動かす。

「――なに話してんの」

どことなく不機嫌そうな面持《おもも》ちで樫原が突っ立っていた。いつのまにこちらに来ていたのか、美波との会話が盛り上がっていて気付かなかった。

「大丈夫、あんたの悪口じゃないわよ」

美波がからかうように答え、ね、と翔太に目配せしてくる。はい、と翔太も笑って頷いた。それでも櫂原の表情は和らがない。自分だけ蚊帳《かや》の外に置かれたようで拗《す》ねているのだろうか――普段は冷静な櫂原も、家族が絡むと子供っぽくなってしまうのかもしれない。なんとなく微笑ましい気分で翔太は口を開いた。

「ひと区切りついたのか？　お疲れさん」

「区切りっていうか……、まあ――」

頭にかぶせていたタオルを外し、額の汗を拭《ぬぐ》って櫂原がもそもそと呟く。それを見て、美波がパンと両手を打ち合わせた。

「じゃあシャワー浴びてきなよ。それからご飯にしよ。今日は石狩鍋《いしかりなべ》。紺野くん、好きなんだよね？」

「すみません、来るたびご馳走《ちそう》になって」

「なに言ってんの、遠慮しないで。紺野くんこそ気を遣わないで手ぶらで来てよ。今日だって日本酒貰っちゃって。お父さん、大喜びだけど」

からからと美波が笑い、先に行ってるねと控え室を出た。

「悪いな、いつもよばれて」

「いえ」

返された声はどことなく張りがない。調子でも悪いのかと心配になった翔太に、あの、と櫺原が切り出してきた。

「姉のこと、どう思いますか」

「は？」

唐突な質問に目を瞠《みは》る。そんな翔太の当惑に気づいているのかどうか、櫺原が歯切れ悪く続けた。

「……一緒にいるといつも楽しそうだから」

「なに、美波さんのこと好きかってこと？」

驚いて単刀直入に訊き返すと、はい、と櫺原はちいさく頷いた。思わず翔太がぷっと吹いた。

「どこからそういう発想になるんだよ、小学生かよ。それならおれ、好きな子だらけになっちゃうじゃん」

眉《まゆ》を寄せて翔太が笑う。櫺原はちょっと困ったような顔をした。

「確かに美波さんと喋《しゃべ》るのは楽しいけど、そういうんじゃないし。そもそも美波さん、多分彼氏いるだろ」

「え？」

困惑の表情を浮かべた櫺原に、翔太は声をいくらかひそめて話した。

「美波さんがしてるネックレス。あれ、ふたつでひとつのモチーフになるやつじゃん。大抵そういうのって恋人同士でつけるよな」

「……そうだったんだ」

なかば呆然《ぼうぜん》として樫原が呟く。そうみたいだよ、とのどかに答えてからふっと気がついた。

――思いきりプライバシーに関わることなのに、推測とはいえ簡単に口にして良かったんだろうか。しかも樫原の今の反応。もしかしたら実はシスコンだったりするんじゃないのか――？

つい口がすべってしまったことを悔《く》やみつつ、そろりと樫原の様子を窺《うかが》う。けれどその表情は不思議なほど晴れやかだ。

「飯食いに行きましょう」

そう誘いかけてくる声はいつもどおりのものだった。

何だろう、一瞬で気持ちを切り替えたのか、それとも自分の勘違いだったのだろうか――心の中で首をひねりながら、翔太は歩き出した樫原の後に続いた。


「ああ、今日も美味《うま》かった」

アパートまでの帰り道、翔太は満ち足りた息を吐いた。

五月の半《なか》ば、当然北海道の夜風はまだ冷たい。それでも鮭《さけ》や野菜がたっぷり入った味噌《みそ》仕立

ての鍋のおかげで、体の中が温まっているから心地いい。

「ホントおばさん、料理上手いよなあ。しかも見た目もキレイだし。うちの母親なんか超大雑《ちょうおおざっ》把《ぱ》でドサッ。食えりゃいいって感じだもん」

「翔太さん、男三人兄弟でしょう。見た目よりボリューム重視になるのは当たり前ですよ」

冷静に橿原が分析して返してくる。まあなあ、と次男は苦笑いさせられた。

建物が密集しているわけではない住宅街の夜空は、あちこちで星がちかちか瞬《またた》いている。

橿原の家からアパートまでは二十分ほど。小樽ならではの坂道をゆっくり歩く。季節の移り変わりを吸い込む空気で確かめながら、車ではなく、自転車でもなく、自分の足で動くのはなんとなく楽しい。多分隣に橿原がいるから、余計に。

「そういえばさっきゼミの女子からラインで、朝里《あさり》のキャンプ場でバーベキューするから橿原誘ってくれって。なんか一年から四年まで学年関係なく来るみたいだぞ」

アパートの近くまで来て、ふと思い出して報告した。行きません、と十センチ上から予想通りの言葉が返ってくる。あまりに即座の答えに苦笑して、けどさ、と翔太が口を開いた。

「いろんな人と会って、喋ってみるのも楽しいんじゃねえの?」

少しでも付き合う範囲を広げることは、橿原にとっていろいろな意味でプラスになる気がする。美波が言っていたのもおそらくそんな意味なのだろう。

「別に俺は今の環境で満足してますから」

あっさりとした返事からは強がりも嘘も感じられない。本当にそう思っているのがわかるから、だからこそ翔太としてはもどかしくなった。

「今はそれでいいかもしれないけど、でも友達増やせんのってやっぱり学生のうちだろ。まして橿原は卒業したら完全に工房に入るんだろうし、どうしたって他人との接点が減る。今のうちに人間関係の枝葉は伸ばせるだけ伸ばしておいたほうがいいと思う」

自分でもえらそうなことを言っているとわかりつつ、本心からの気持ちを伝えた。

卒業後、もしかしたらどこかへ修行に出たりするのかもしれないけれど、基本的にはひとりで籠《こも》って作業をする生活になるのだろう。いくらかは新たな付き合いは生まれるかもしれなくても、多分その機会は学生時代ほど多くはないはずだ。

それならば今のうちに少しでも友人を増やしておいたほうがいい気がする。交友関係ばかりが人生を豊かにするわけではないだろうが、それでも友達がいて損にはならないと思う。

「それに実際、作るだけじゃなくて、やっぱり経営のほうにも関わることになるだろ——そのために経済学科選んだんだろうしさ。そうなれば取引先とか銀行とか、いろんな人たちと付き合ってかなきゃならないじゃん。今から人付き合いに慣れていったほうがいいって。今のままだと社会に出たら苦労するぞ」

余計なお世話だと思われるとしても、本当に心配でそう言った。けれど橿原は落ち着いたまなざしを翔太に投げかけてきた。

「社会に出たら、どうにか頑張ります。でも友達は数より質だと思ってますから。それとはっきり言ってしまうと、俺は翔太さんが好きだから翔太さんだけいてくれたらいいし」

「え」

こちらをみつめて呟く橿原は真顔だ。吸い込まれそうなほど澄んだ瞳がまっすぐに自分に向けられている。本当ですよ、と駄目押しをするように冷静に言う橿原と視線と視線が絡み合った直後、翔太はたまらずブハッと吹き出した。

「……もー、なに言ってんだよ、照れるじゃん」

にじむ涙を指先で拭《ぬぐ》い、橿原の背中をぱしぱし叩く。笑いの波は簡単には引きそうにない。ふざけているのか本気なのかはわからないが、熱い友情は思いきり翔太の照れツボを刺激してくれた。

「橿原みたいなイケメンにそんなこと言われたら、男だって思わずくらっとするわ。あー、こえー」

けらけら笑って色男ぶりを冷やかす。どう思っているのか、橿原は相変わらず表情をまるで変えない。

「いや、だけどな、いつまでもこのままじゃいられないんだからさ。やっぱりもうちょっと友達増やしたほうがいいって」

そう促すと、翔太さんは、と不意に低い声が響いた。

「俺がいたら迷惑ですか」

「え」

あまりに思いがけない言葉を吐かれ、翔太が目を瞬《しばたた》く。橿原の面持《おもも》ちは真剣そのものだ。

「迷惑って——」

そんなふうに一度も考えたことはなかった。間違いなく、迷惑だと思ったことがないからだ。

それにしてもどうしていきなりこんなことをと思っていたら、翔ちゃーん、とのどかな呼びかけが聞こえてきた。振り返った翔太の視界に、和弘がこちらに駆け寄ってくる姿が映った。

高校卒業と同時に、大学を挟《はさ》んで翔太のアパートとは逆方向にある祖父母の家で和弘は暮らしている。実家が近所で子供時代から仲がいいけれど、和弘は小樽に来てからは運動部の宿命で、稽古《けいこ》だ飯だと柔道部の仲間たちと過ごすことが多い。お互いバイトをしているし、週に一、二度学食で会ったり、時折一緒に夕食を摂《と》ったりするくらいだ。そんな中で、和弘は時間が出来ればこうしてふらりとやってくる。

「翔ちゃん、橿原、これから晩飯？」

「いや、橿原の家でよばれてきた帰り」

翔太の答えを聞き、そっか、とほっとしたように和弘が息を吐いた。

「行き違いにならなくて良かった。ちょうど翔ちゃん家行《ち》くところだったんだ。飲もうよー」

そう言い、手にしたビニール袋を掲《かか》げてみせた。透けて見えたのはビールの缶。翔太の顔がほころんだ。

「いいな、たまにはじっくり家飲みするか」

翔太の賛同を受け、よっしゃ、と和弘が軽やかにこぶしを上げる。

「橿原も来いよ、三人で飲もうぜ。いいよな？」

翔太が和弘に問いかける。なぜか一瞬間が空いた。それでも、もちろん、と笑って和弘が頷いた。

そんなわずかな躊躇《ちゅうちょ》に気づいたのかどうか、いえ、と橿原が首を振った。

「俺はいいです。眠くなってきたし」

さらりと断り、じゃあ、と自分の部屋の玄関に入っていった。

「途中で気が向いたら来いよ」

ドアが閉まる直前、声をかけた翔太に、黙って軽く頭を下げた。

「……なんか悪いことしちゃったな」

翔太の部屋に入り、隣室との間の壁を見やって和弘が申し訳なさそうに呟いた。だけど、とパーカーを脱いでもそもそ続ける。

「実はちょっと翔ちゃんに相談したいことがあってさ」

「相談？」

つまみになりそうなものを探しつつ、翔太が鸚鵡《おうむ》返しに訊いた。和弘は照れくさそうに喉元を掻《か》いた。

「実はバイト先の女の子――梨々花《りりか》ちゃんていって、うちの一年生なんだけど、なんかいいなー、って……」

へえ、と翔太が思わず身を乗り出した。

この二十年、和弘には浮いた話がない。自分同様、まさに色気より食い気の友人から初めて聞かされた恋愛話に興奮して、つまみ探しもそこそこに、冷やかし混じりに訊いてみた。

「どんな子？　可愛《かわい》いのか」

「まあね」

持参した缶ビールを呷《あお》り、へへっと和弘が笑う。

「だけど相談って？　一年彼女いないおれじゃどうしようもないと思うけどさ」

苦笑いして翔太が尋ねると、見る見るうちに和弘の顔色が悪くなった。

「それが……、彼氏がいて」

うわ、と声に出さずに心で呻《うめ》く。恋人がいるのなら、正直和弘の恋は多難そうだ。誰かに相談したくなる気持ちもわからなくはない。もっとも恋愛経験が少ない自分に、的確なアドバイスが出来るとは残念ながら思えないが。

「でも上手くいってるかどうかわかんないだろ。カズにもチャンスあるかもしれないじゃん」

慰《なぐさ》めにしかならないだろうかと迷いながら励《はげ》ましたら、いくらか和弘の表情が明るくなった。

「それがさ、彼氏と遠恋なんだって。彼氏が東京に進学しちまったから、この一ヵ月すれ違い気味らしくて」

「え、じゃあもしかして」

うん、と和弘が力をこめてこちらを見た。その顔をみつめ返し、翔太が口にする。

「彼氏には悪いけど、チャンスじゃん」

「だよな？　そうだよな」

和弘がぐぐっと身を乗り出して同意を求めてくる。

「そこでさ、こういう場合オレはどうしたらいいのかと」

それが相談か――納得はしても、どうすべきかは翔太にもわからない。

「……とりあえず様子見？　焦って動いてもダメだろうし、かといってのんびりしすぎてもまずいだろうし」

具体的なアドバイスがまるで浮かばない自分が焦れったい。だよな、と和弘がため息をついた。

「オレが翔ちゃんとか檀原みたいなら、彼氏いたって向こうからこっちに靡《なび》いてくんのになあ」

「バカ、なに言ってんだよ。檀原はともかく、おれがそんなモテるわけないじゃん」

なかば呆《あき》れて笑ったら、これだから無自覚イケメンは、とまた息を吐かれた。

「まあとにかく頑張ってみる。また話聞いてくれよ」

「おう、おれで良かったらいつでも。で、どんな子？」

そう話を振った途端、出会った時から現在までの、怒濤《どとう》の彼女話が始まった。訊いてしまった自分を悔やんだものの、目をきらきらさせて語る和弘は微笑ましくて、止めようとは思えなかった。

「好きだー、好きなんだぁ！」

本人不在で熱い胸のうちを叫ぶ幼なじみに笑い、頑張れよと励ました。

結局和弘が腰を上げたのは一時過ぎ。泊まっていくのかと思ったけれど、明日は朝から梨々花と同じシフトだからといそいそと立ち上がった。

「あ、そういえば昼にばったり友里恵さんに会ったんだけどさ、橿原の好きな食べ物とか映画とか知らないかって訊かれた」

帰りしな、和弘が口にした言葉に翔太が苦笑した。

「最近ずいぶん頑張ってるな。どうしたんだか」

「多分あれじゃないの、潮《うしお》まつり対策。今から接点作っておこうって」

「潮まつり？」

どういうことなのかと翔太が訝《いぶか》しむと、和弘がにやっとした。

「なんかうちの大学の女子の間で代々伝わってるんだってさ。最終日の花火見ながら告白したら上手くいくって」

「ああ――」

のろのろと翔太が頷いた。そういえば前に女子たちが喋っているのを聞いた気がしなくもない。

潮まつりは七月の終わりに行われる小樽最大の祭りだ。港や市内のあちこちで、屋台が並んだり、ねりこみと言われる踊りが披露《ひろう》されたりして、ピンクの提灯《ちょうちん》で彩《いろど》られた小樽の街は盛り上がりを見せる。

翔太は去年も一昨年も、バイトや帰省でしっかり見られなかったけれど、ねりこみに参加している学生も多いせいか、学内でも早い時期から毎年かなり盛り上がっていた。

三日続いた祭りの最終日の夜、祭りを締めくくるのが花火大会だ。ただでさえ花火は恋のテンションを上げるのに、そんなジンクスがあるのなら、樫原狙《ねら》いの女子たちが張り切るのも無理はない気がした。

「とりあえず友里恵さんと芽衣さんは、どっちが彼女の座を射止めたとしても恨みっこなしってことで話ついてるんだって」

靴《くつ》を履《は》きつつ、すげえよなあ、と和弘が笑う。

「そういう感じで協力しあってる女子、多そうじゃん？　うちのクラスの中でも結構いるみたいだよ。オレ翔ちゃんつながりでたまたま樫原といるだろ。だから仲いいと思われてるのか、クラスの女子からもいろいろ訊かれるんだよ」

「マジかよ。樫原、お祭り終わるまで大変だな」

同情混じりに息をつく。だなあ、と和弘も同意した。

「でも翔ちゃんも今年は出れんなら覚悟しとけよ。女子から狙われるぞー」

ねえよと翔太があっさり返した。酔《よ》いが回って耳まで真っ赤になった和弘が、どうだかねえと首を振り、ふらふら部屋を出て行った。

「花火か」

テーブルの上を片付け、ぼんやりと呟いた。

どんなことにも恋愛がらみのジンクスはつきものだ。そして女子は基本的にその手の話を信じたがる。橿原の彼女の座を狙う女子たちは、ここぞとばかりに誘いにかかるに違いない。

「……彼女？」

橿原に彼女。そう考えた途端、ふと心にもやっとした何かが広がった。なんとなく落ち着かないような、寂しいような、置いてけぼりを食らったような、どうにも表現しがたい微妙な気持ち。

「――いやいやいや、いいことじゃん」

敢《あ》えて声にしてマイナスの思いを追い払う。恋愛をするのはごく普通のこと。今は恋愛に興味がないとしても、きっといつか橿原にも好きな相手が出来る。柔道ひとすじの和弘だって、あれだけ恋に浮かれているのだ。そんな日がきたら、ちゃんと祝福してやらなければ。こんな気持ちになっていていいはずがない。

うん、と力を込めて頷いた。

隣はずっと静かだ。今日も一日工房にいたのだから、言葉通り、疲れて早くに眠ってしまったのかもしれない。

（次はどんな作品になるのかな――）

心がふわりと浮き上がる。今から楽しみでたまらない。きっと自分の想像を軽々と超える素晴らしいものが出来上がるはずだ。スマートフォンにつけられたストラップを見やり、しみじみと思う。

早く見たい――願いながら翔太はテーブルに突っ伏して、いつの間にか眠りについた。


「紺《こん》ちゃん！」

二日後の月曜日、一講目を終えて教室を出た瞬間友里恵《ゆりえ》に大声で呼ばれて、翔太《しょうた》はビクッと肩を撥《は》ねさせた。まわりの学生たちも何事かという顔で通り過ぎていく。その中を友里恵と芽衣《めい》が小走りでこちらに近づいてきた。

「なんだよ、どうした？」

まわりを気にしつつ尋《たず》ねたら、ありがとう、と友里恵が抱き付いてきかねない勢いで翔太の両手をきつく握り締めた。

「紺ちゃんのおかげだよ、ホントにありがとう!」

「おれの?」

何を感謝されているのかまったくわからない。眉《まゆ》を寄せる翔太に、友里恵と芽衣が蜂蜜《はちみつ》みたいなトロトロでピカピカの笑顔を向けてくる。

「橿原《かしはら》くんが一緒に食事に行ってくれるって。紺ちゃんが言ってくれたんでしょ?」

「橿原が?」

思いがけない言葉を聞かされ、翔太が目を大きく見開いた。うん、とふたりがにこやかに頷いた。

「今ちょうど入口で会って、ダメもとで誘ってみたの。そしたらいいって言ってくれて」

「え、マジで?」

「マジよう。もー、どうしよう。夢みたい。紺ちゃんも行けるよね?」

友里恵と芽衣がきゃっきゃとはしゃぎ、どこへ行こう、何を食べようとテンション高く相談する。その会話を遮《さえぎ》るように翔太が口を挟《はさ》んだ。

「それ、いつ?」

「今日。紺ちゃん、バイトない日でしょ?」

うきうきと返され、翔太が戸惑《とまど》う。

「今日おれダメだ」

ええっ、と友里恵たちが悲鳴のような声を上げた。

「なに、臨時のバイトとか？」

「いや、カズとちょっと……」

「え、寺井《てらい》くんなら一緒でいいじゃない」

「いや、それは」

どう説明したらいいのか迷い、口ごもってしまった。

今夜は和弘《かずひろ》、それに梨々花《りりか》と飲みに行くことになっていた。梨々花のことはさすがに友里恵たちには話せない。

昨日和弘から、休憩《きゅうけい》時間に話の流れで梨々花を食事に誘ってみたらＯＫしてもらえたと、興奮気味に電話がかかってきた。けれど彼氏がいるからふたりきりはまずい、友達を誘ってもらえるならと言われたそうで、翔太に白羽の矢が立ったらしい。もちろんその時点では何も予定がなかったから受諾《じゅだく》した。

「うそー、どうしても無理？」

「んー……、今日じゃなきゃダメなのか？」

惑いつつ翔太が尋ねると、友里恵が難しげな顔で続けた。

「今週はもうバイトとか入っちゃってるんだよね。かといって日にち空《あ》けちゃったら橿原くんの気が変わっちゃいそうだし」

「そうか――」

「大丈夫、紺ちゃんがいなくてもどうにか盛り上げるから！」

自分を鼓舞《こぶ》するように不意に芽衣が宣言した。それを受け、友里恵が表情を引き締める。

「そうだよね、紺ちゃんに頼ってちゃダメだよね。自分たちで頑張らなきゃ！」

力強く友里恵が頷き、芽衣と目と目を見合わせた。それからふたりで翔太に向き直る。

「紺ちゃん、心配しないで。私たちだけで行ってくる」

勇気に満ちた面持《おもも》ちで宣言し、じゃあねと軽やかに去っていく。呆然《ぼうぜん》とその後ろ姿を見送ってから、翔太はスマートフォンを手に取った。電話の相手は櫃原だ。けれど気付かないのか、それとも教室にいるのか、応答はない。ちいさく舌打ちをし、タップする。ストラップがちゃらりと揺れた。

まさか櫃原が友里恵たちの誘いを受けるとは思わなかった――それも自分に相談なしに。あれだけ敬遠していたのに、とても信じられなかった。

（……いや、でも）

そうやって外に出ていくのはいいことだ。それは間違いない。自分だって櫃原に勧めてきた。人間関係が広がれば、櫃原の世界はより豊かなものになるはずだ。

「うん、そうだよ――」

自分に言い聞かせるようにちいさく声にする。

これでいい。こうやって少しずつ他人との繋《つな》がりを増やしていくのが、きっと榁原のためになる。榁原の家族だってそれを望んでいるのだ。

そう頭でわかりながら、なぜか心は晴れない。

(何なんだよ……)

靄《もや》がかかったような気持ちに戸惑った。

榁原が何の相談もなくひとりで決めてしまったことが不満なんだろうか——だけど自分は榁原の保護者じゃないし、そもそも成人した人間が飲みに行くのにいちいち他人の了承をもらうこと自体馬鹿げている。それは頭でも心でもわかる。

(じゃあ——)

榁原が他人と関わりを持とうとしていることが実は嫌なのか。翔太さんだけいればいい、そう言われたのはつい二日前のことだ。熱い瞳で、力を感じさせる声で。

(……いやいやいやいや)

心の中の靄を全力で払う。

だって自分だけいればいいだなんて、そんなのはおかしい。榁原のためになるはずもない。

恋人ならまだしも、自分たちは友人なのだ。ふたりだけの世界を作っていていい間柄《あいだがら》じゃない。

そうだ、しっかりしろ。よくわかってることじゃないか。どうにも不安定な心を、そう叱咤《しった》する。それでもすっきりしきれない。こんな気持ちを誰かに抱《いだ》くなんて初めてだった。

ただどうしても違和感を拭《ぬぐ》えない。翔太が知らない同級生とならともかく、友里恵たちと飲みに行くのなら、いつもの橿原なら何かひとこと言ってくるはずだ。

そして単に偶然かもしれないものの、繋がらない電話――普段だったらすぐに折り返しかかってくるのに。

避けられているんだろうか――橿原に。

別に喧嘩《けんか》をしたわけでもない。気付かないうちに何か気に障《さわ》ることをしてしまったのか。昨日は朝から工房に行っていて、会っていない――となると。

(……あれか?)

友達を作れと強く言ったこと。情けないことにそれくらいしか思いつけない。とはいえそれに反発したのなら、友里恵たちと出かける約束なんてしない気がする。

「……あー、もう」

わからない自分が腹立たしい。これだけそばにいて、肝心《かんじん》なことがわからないなんて。友達を増やせだの、人間関係を広げろだの、偉そうに言っておいてこのざまだ。

スマートフォンはまだ鳴らない。

自分で自分を持て余しているうち、通りすがった友人に次の講義まであと一分だと教えられ、翔太はのろのろと教室に向かった。

坂を上る足が重い。アパートまであと数分、いつもはそう苦にならずに登れる傾斜《けいしゃ》がきつく感じられるのは、多分それなりに酔《よ》っているせいだ。

「翔ちゃあん、大丈夫かー？」

隣から尋ねてくる和弘の声も酔いが回っている。ダイジョーブ、と力を込めて翔太が答えた。

「これくらいの坂でへこたれてたら小樽《おたる》っ子《こ》にはなれねーっての」

「それもそうだなあ」

ところどころに街灯が点《とも》る人気《ひとけ》のない夜道に、翔太と和弘の笑い声が響く。

「……けどさ、マジで今日は助かった」

不意にどことなく真剣な口調で和弘が呟いた。わずかな間をおいて、なに言ってんだよ、と翔太が返す。

「おれはなんにもしてねえよ。ってか、むしろ場を壊した的な」

「いや。良かったんだ、あれで」

きっぱりと和弘が言い切る。その赤い横顔を、申し訳ない気持ちで翔太は見やった。とりあえず梨々花への思いは吹っ切れているようで、ほっとする。

梨々花との食事は、ひとことで言ってしまうと最悪だった。

あれ、と思ったのは最初に挨拶《あいさつ》をした瞬間。自分に向けられる梨々花のまなざしがなぜだかやけに熱っぽくて、何とも言えない違和感を覚えた。その直感が間違っていなかったと知ったのは、食事の途中で和弘がトイレに行ったときだ。スマートフォンをさっと取り出した梨々花から、ラインのアカウントを教えてほしいと頼まれた。

（私、ずうっと紺野さんと話してみたかったんです。寺井さんのおかげで今日会えて、本当にラッキーだなって）

（おれと？）

訝《いぶか》しむ翔太をしっかりメイクが施《ほどこ》された目でみつめ、はい、と梨々花が甘ったるく笑いかけてきた。

（紺野さん、実はかなり人気あるんですよ。もててるのに自覚がないのがまたいいって。ホント噂《うわさ》どおりなんですね）

言われた内容に当惑しつつ、彼氏がいるんだろうからと遠回しに断ると、もう終わっていて今はフリーだと梨々花は悪びれずに答えた。

（でもカズから彼氏持ちだって聞いてるけど）

牽制《けんせい》のつもりで再度言ったら、ああ、と梨々花が鼻で笑った。

（だって寺井さん、私のこと好きじゃないですか。その気のない相手には、彼氏がいるって思

わせておいたほうがお互いのためっていうか。お友達の紺野さんには悪いんですけど、ちょっとウザいんですよねー）

確かに和弘が一方的に熱を上げているだけで、梨々花がどう対応しても仕方がない。けれど明らかに和弘を蔑《ないがし》ろにしている態度に嫌な気持ちになった。

（だけどまさか紺野さんと友達だったなんて。昨日初めて知ったんですよ。すごーい、寺井さんでも使えるところあったんじゃんって）

きゃははと笑う顔を見た瞬間、翔太の中で何かがブチッと音を立てて切れた。

（……ふざけんなよ）

低い呻《うめ》きが喉からもれた。え、と梨々花がきょとんとする。

（おれの友達何だと思ってんだよ！）

声を荒らげた翔太に、梨々花がつけまつげが張り付いた目をぱしぱし瞬《しばた》かせた。

（あいつはマジでいいやつなんだよ。馬鹿にするな！）

どうにも感情を収めきれずに怒鳴ったのと同時に、和弘がそばにいることに気がついた。一瞬呆然《ぼうぜん》として、それから翔太はすぐに立ち上がった。テーブルに金を置き、和弘の腕を引いて店を出た。

外の風に当たるといくらか冷静になった。いくら梨々花が暴言を吐いても、自分がしたことは差し出がましいことだったんじゃないか——悔《く》やみ始《はじ》めた翔太に、ありがと、と和弘が呟いた。

（翔ちゃんが言ってくれなかったら、オレ……）

拳《こぶし》をかすかに震わせ、和弘が苦笑いした。

（女を見る目を養わないとなあ。友達を見る目は確かなのにさ）

（……カズ！）

（翔ちゃん！）

涙目で互いに名を叫び、往来でがしっと抱き締め合った。青春ドラマ必須の夕陽と海を脳内補完して。

そのあとふたりで焼き鳥屋に行き、他愛《たわい》もない話で盛り上がった。そうしてすっかり気持ちを上向けて、日にちが変わって少ししたころ店を出たのだ。

「あーあ、明日は確実に二日酔《ふつかよ》いだ」

楽しげに和弘がぼやく。どうにかなるだろ、と呑気《のんき》に翔太は請《う》け合《あ》った。

「そういえば櫃原たちの飲み会、どうだったんだろうな」

ふと思い出したように和弘が呟く。

ふたりになってから今日の飲み会を知り、それなら今から連絡をして合流しようと言った和弘を、店を動くのも面倒だからと翔太が止めた。

実際気にならなかったわけじゃない。結局ずっと櫃原からの連絡はなく、夕方、一度アパートに帰ってきてから隣のチャイムを鳴らしてみたものの、工房にでも行ってしまったのか留守だった。

単に気づいていないだけか、何かのトラブルで電話が使えなくなっているのか、もしくは構わずにいろという意思表示のために連絡がないのか——。

だからこの件についてはは関わらないでいることに決めた。翔太抜きで出かけたいと橿原が思ったのなら、そこに自分がしゃしゃり出ては気を悪くさせる。

気にならないわけじゃない。だけど自分にはどうしようもない。そのうち橿原から今日の話が出たら、そのときにただ耳を傾けるだけだ。

（そんなときがあったら、だけど——）

マイナスの方向に向かいかけた心を、ある、と無理やりぐいっと引き戻す。大袈裟《おおげさ》に考えすぎだ。

「独《ひと》り立《だ》ち、か——」

ぽつりと声にすると、何だって、と和弘がのほほんと訊《き》き返《かえ》してきた。なんでもない、とちいさく笑って首を振る。ほのかな寂しさを感じてしまうのは仕方のないことなんだろうか——？

大学へ続く坂の途中、左に曲がると翔太のアパートだ。じゃあなと角で和弘と別れようとしたら、足がもつれて捻《ひね》ってしまった。

「酔っ払いさーん、足にきましたかー？」

和弘がからかって、それでもしっかり体を支えてくれる。そのままアパートまで送ると言う幼なじみに、大丈夫だと遠慮した。

「いやいや、ひとりになって転んでみなよ？　最悪朝までそのまんま」

その情景がリアルに頭に浮かび、一秒後、翔太は有り難《あがた》く和弘の好意に甘えることにした。事実足はそれなりに痛かった。

肩を貸してもらいながら少し歩くとアパートが見えた。翔太の部屋の隣、二〇一号室の明かりは点《つ》いていた。

「お、櫑原帰ってんだな」

同じところに視線を向けていたらしい和弘がのんびりと呟く。

「どうする、櫑原に頼んでおく？　何かあったとき困るだろ。それかオレ、泊まろうか」

「いい、大丈夫。こんなのすぐ治るって」

軽く笑って返事をする。無理すんなよと気遣《きづか》いつつ、和弘が外階段を上る手助けをしてくれた。

「ありがとな、助かった」

「いやいや、礼は学食のチキンカツ定食で」

ほかの住人への配慮か、ひそひそと耳元で茶化す和弘に、わかったよ、と苦笑したとき隣のドアが開いた。

「お、橿原。うるさかったか、悪い悪い」

声をかけた和弘に橿原は何も答えず、それから翔太を無言で一瞥《いちべつ》した。珍しくあからさまに不機嫌な面持ちに、翔太の心臓がざわついた。

「翔ちゃん、今足捻っちゃってさ。悪いけど何かあったらよろしくな。オレ泊まろうかと思ったんだけど、いいって言うからさ」

おやすみ、と和弘がにこやかに手を振って集合玄関から出て行った。静けさが辺りを包む。

「……悪い、起こしたか？」

なんとなく気おくれした。翔太が作り笑いを浮かべて謝ったものの、橿原はこちらを見なかった。

「起きてました」

苛立《いらだ》ちを含ませたような声に、そうか、とぎこちなく翔太が呟く。

うるさくて起こされたというわけでもないのなら、この刺々《とげとげ》しさの原因は何なんだろう？今日の飲み会で何かあったのだろうか——けれどもしそうだったとしても、第三者に当たるような人間じゃない。

（……ってことは）

やはり自分に不快感を抱《いだ》いているということか。

本当なら今すぐにでも、理由を聞いて謝るべきことがあるなら謝りたかった。自分にとって榲原は大事な人間だから。でもそんな話をするには時間が遅すぎる。急《せ》く心を抑《おさ》え、落ち着いた状態で改めて話をすべきだと自分に言い聞かせた。

「——おやすみ。ごめんな、遅い時間に」

もう一度詫《わ》びてドアを開けようとした瞬間、榲原がノブに手をかけた。え、と驚く翔太に目もくれず、玄関に入り、靴《くつ》を脱ぐ。

「ちょ——どうしたんだよ」

榲原の思いがけない行動に呆然とする翔太に、頼まれたから、と答えを寄越した。今まで一度も見たことも聞いたこともない、突き放すような視線と声で。

(頼まれたから)

その言葉がやけに虚《むな》しく翔太の心の中で響いた。自発的な思いからじゃない、あくまで頼まれたからやってくれているだけ。それでも充分有り難いはずなのに、どうしてこんな気持ちになるんだろう——。胸をきゅうっと絞《しぼ》られたような、何とも言いがたい苦しさだった。

「……足。座ったほうがいいんじゃないですか」

冷ややかに促《うなが》され、ぼんやり突っ立ったままだった翔太がはっと顔を上げた。同時に榲原がしゃがみ、踵《かかと》を引いて翔太の靴を脱がせにかかった。

「いいって、そんなこと」

なんとなく気恥ずかしさを覚えて止めたものの、橿原は聞き入れなかった。取り付く島のない雰囲気《ふんいき》とは対照的に、その指先は優しくて丁寧だった。

「……ありがとな」

結局脱がせてもらい、ぼそりと礼を言った。

訊いてしまってもいいだろうか——こうして橿原も部屋に上がっているということは、それを尋ねるくらいは許されると考えてもいいんじゃないか。

あのさ、と言葉を探しながら切り出そうとしたとき、ゆっくりと立ち上がった橿原が正面から翔太をみつめてきた。

「——本当は寺井についていてほしかったんでしょう?」

静かな、低い声で呟いた。

「俺が出てきたから、だから仕方なく寺井、帰って行ったんですよね。すみません、邪魔して。本当は泊まるはずだったのに」

「……え?」

意味のわからない言葉を冷たく吐かれ、翔太が戸惑う。

「なんでカズが?」

橿原をみつめ、困惑したまま問いかけた。そんな翔太に橿原は氷のようなまなざしを投げかけてきた。

「前からもしかしたらって思ってたんです。……寺井と付き合ってるんでしょう?」

「は――?」

寝耳に水の言葉だった。まったく訳がわからなかった。相変わらずいつもとは表情も声も違う、別人のような櫂原に混乱させられた。もしかしたらそうとはみえなくても、実はかなり酔っているのかもしれない。普通の状態とは思いにくい。

「隠さなくていいですよ」

棘《とげ》のある声音で櫂原が言い放つ。

「……俺も隠しませんから」

そうひとりごとのようにささやき、いきなり翔太の腕を摑《つか》んできた。驚く翔太を見据《みす》え、櫂原は険《けわ》しい面持ちで口を開いた。

「翔太さんが交友関係を広めろって言ったの、俺が邪魔だったからでしょう。俺がそばにいたら寺井とふたりきりになれないから」

「――、ちょっと待てよ」

さっきから櫂原はおかしい。言っていることが滅茶苦茶だ。

「カズとおれが付き合ってるって、一体どうやったらそういうことに」

「仲いいじゃないですか。いつも一緒にいるし」

それならおまえのほうがよっぽどだと、呆れながら内心で抗議する。

それにしても櫂原のこの態度——どんなことに対しても差別意識のなさそうな人間だと思っていたけれど、もしかしたらトラウマでもあって、同性同士の関係に嫌悪を抱いているのだろうか。だから妙な誤解のせいで、自分を避けているのか。

（——よかった）

そんな場合ではないのだろうが、ほっとした。

勘違いから敬遠されていたなら、ちゃんと話せばわかってもらえる。これからは避けられたりしないですむ。今まで通り、付き合っていける。

安堵《あんど》を覚えていると、櫂原が何かをこらえているような声をもらした。

「……今日の飲み会、安住《あずみ》さん、遅れてきたんですけど」

そこで一旦《いったん》言葉を切り、軽く息を吐いた。どうして急に芽衣の名前がと思いつつ、翔太が櫂原を見る。

「来るときに駅前通りで、翔太さんと寺井が抱き合ってるのを見たって」

「えっ」

まさか知り合いに見られているなんて思いもしなかった。もっともあれはあくまで酔っ払いのふざけたノリで、誰かに見られたら困るとも思っていなかった。こんな誤解をされることがあるだなんて、少しも頭を掠めはしなかったから。

「いや、あれは全然そういうんじゃなくて」

苦笑いして事情を説明しようとしたら、遮るように、それに、と櫃原が強い語調で続けた。

「この前の土曜日、寺井が来たとき。聞こえてきました。『好きだ』って」

「は？」

思い当たることがなく、眉を寄せた。次に急いで記憶を手繰り寄せ、あ、と気がついた。多分和弘が梨々花への熱い思いを迸《ほとばし》らせていたときだ。興奮して叫んだ目的語抜きの告白が、壁越しに伝わってしまったのだろう。

「違う、それは」

訂正しかけたものの、わずかに空いてしまった間のせいで、言い訳をしようとしたように受け取られてしまったらしい。

「いいですよ、言わなくて」

きっぱりと櫃原が拒《こば》む。そして翔太の腕を摑んでいた手をそっと離した。

「わざわざ俺に説明する必要なんかない」

にべもなく呟いた櫃原の顔はなぜか痛ましげにみえた。棘のある言葉や態度が、翔太ではなく櫃原自身を傷つけているように思えた。

「……今日、本当は俺のところに来てくれるかと思ってた」

ぽそっと櫃原が口にした。ふっと翔太が顔を上げる。心のどこかでは自分が来ることを期待してくれていたのか——拒んだくせに甘ったれていると思う一方で、いくらかでも自分を必要としてくれていたことが嬉しかった。

「ごめん、でもどうしても今日は」

「わかってます。寺井と約束があったんですよね」

そう答えた榲原の表情は、気のせいかこれまでに見たことがない皮肉げなものだった。その形のいい唇がゆっくりと動く。

「ふたりで……、ふたりだけで会わなきゃいけない約束が」

ふたりだけ、ではないけれど、ほかの人間を交えられなかったのは事実だ。ごめん、と小声で詫《わ》びた。

「いいんです——、いいんです」

呟く声はかすかに震えていて、感情をどうにか抑えつけようとしているように聞こえた。

自分が榲原を傷つけているらしいことはわかる。翔太と和弘が付き合っていると誤解して、嫌悪を覚える一方で疎外感《そがいかん》のようなものを感じて、そんな自分に苛立《いらだ》っているのかもしれない。

榲原のためにも、まったくの勘違いをどうにか正したい。とはいえやけに頑《かたく》なになっている榲原に、どんなふうに説明したらいいのかがわからない。いくら自分の話すことが事実だと伝えても、この様子ではすんなり聞き入れてもらえるとは思えなかった。

やはり今は話が出来る状態ではなさそうだと判断した翔太とは逆に、榲原は何かを訴《うった》えようとするようなきついまなざしをぶつけてきた。

「……自分なりに、翔太さんの気持ちに沿うようにやってみようと思ったんです。滝野《たきの》さんたちと食事に行くことにしたのも、だからです。だけど――」

心を落ち着けるように櫨原が一度言葉を止める。それから翔太を見据えたまま、ゆっくりと口を開いた。

「だけど、寺井と翔太さんが抱き合ってたって話を聞いて、急にものすごく悔しくなった」

「悔しい……？」

櫨原が言おうとしていることの意味がわからず、翔太は惑いながら櫨原をみつめ返した。櫨原の瞳が強さを増した――そう思った瞬間、抱き締められた。翔太の息が止まる。思いもよらない行為に、抗《あらが》うことも、何か言うことも出来ず、ただ呆然となされるがままになる。

「すみません、今だけ――」

短く呟いたきり、櫨原は言葉を止めた。

耳元で感じる、何かを押し殺しているような吐息。櫨原の腕の力が一層きつくなる。

それからゆっくりと声を出した。

「やっぱり駄目です。この気持ちをなかったことには出来ません。――翔太さんが好きです」

「好き……？」

呆然と呟いた翔太に、はい、と櫨原が頷いた。

いくら鈍《にぶ》い翔太でも、その意味が友情としてなのか、それとも別なものなのかはわかる。今檀原が言っているのは、おそらく友情じゃない「好き」だろう。

それはどうにか理解できても、どうしてその思いが自分に向けられているのかがわからない。

そもそも檀原は同性同士の関係に嫌悪感を抱いているんじゃないのか。

こうして自分を包んでいるがっしりとした腕。押しつけられているのは硬い胸。間違いなく檀原は同性だ。

（もしかしたら――）

不意にぽかりと心に浮かんだ考え。それを読んだのか、檀原が覚悟を決めたように切り出した。

「俺、女子を好きになったことがないんです」

その言葉は翔太の推測どおりのものだった。

「全然女に興味が持てなかった。だからって男と付き合ったこともないんですけど」

自棄《やけ》になって話し出したというわけではなさそうな、丁寧な口ぶりだった。抱き締められたまま、翔太はその告白を聞いた。

「ここに越してきて、初めて翔太さんに会って……、ひとめぼれしました」

「ひと……っ？」

思わず声がひっくり返りそうになった。まさかそんなことが自分の身に起きていたなんて思いもしなかった。それも異性からではなく、同性から。翔太の動揺が収まらないうちに、檀原は言葉を繋《つな》げた。

「見た目だけじゃなく、性格にもひとめぼれしました。人懐こくて、明るくて、そばにいたら元気になれて。……好きにならずにいられるわけがない」

せつなさに満ちた響きに、なぜだか胸がきつく締め付けられる。

買いかぶりだと反論したかったものの、抱き締められたままのこの格好ではどうにも話しにくい。おまけに心もまったく落ち着いていなくて、こんな状態で一体何を話せるのか、自分でも自信がなかった。

そしてようやく気がついた。橿原の尖《とが》った態度は、友達を増やせと言ったことへの反発でもなく、同性同士の関係を嫌悪したからでもなく、単純に嫉妬《しっと》のせいだったんじゃないか、と。

「最初に俺の部屋に来たとき、青のグラスを好きだって言ってくれたでしょう。中二のときに作って、出来上がったあのグラスを見た瞬間、一生ガラスに関わって生きていこうってまだはっきりしてなかった将来を決められた。下手だけど、俺にとっては大事な、特別なグラスなんです。それを翔太さんが好きだって言ってくれて、ああこのひとだって……、このひとが俺の運命の相手だって思ったんです。……すみません、こんなこと言われたら気持ち悪いですよね」

橿原がどことなく自虐的《じぎゃくてき》に笑った。そんなことない、とちいさく翔太が返すと、橿原の体がかすかに揺れた。

「……誰にでも優しいひとなんだ、俺だけが特別じゃないんだってわかってるのに、構ってもらえるのが嬉しくて、一緒にいるうちにもっともっと好きになっていきました。いつも自然体で、気負いがなくて。そばにいたら本当に幸せな気持ちになれた。無理だってわかってても、このひととずっといられたらいいのにって思ってました」

心の底から迸ってくるような、ひたむきな響きが翔太の胸を打つ。

「だけど翔太さんはゲイじゃないんだ、普通の指向のひとなんだって……、そんなひとに知られたら絶対に嫌がられるだろうし、今みたいな感じじゃいられなくなる。だからこの気持ちは絶対に一生知られちゃいけないって決めてました」

そこまで言って、でも、と樫原が言葉を紡《つむ》ぐ。

「寺井と付き合ってるなら、もし翔太さんが男も恋愛対象になるなら、気持ちを抑えてなくてもいいんじゃないかって……、もしかしたら一パーセントでも俺にもチャンスがあるんじゃないか、好きだって伝えるくらいは許してもらえるんじゃないかって。このまま何もしないでただふたりを見てるだけなのはつらいから」

いつもは比較的冷静な人間が、いくら飲んでいるからとはいえこんな行動を取ったのは、相当追い詰められている証《あかし》なのかもしれない。追い詰めているのが自分だというのがどうにも理解しづらいけれど。

「とは言っても、実際には打ち明けるつもりも勇気もなかったんです。告白して寺井との仲に罅《ひび》を入れるようなことになったら翔太さんを悲しませるし、避けられるかもしれない。今の関係を壊すより、友達としてそばにいられたほうがいい。……そう思ってたのに、我慢が出来なくなった。さっき翔太さんが寺井にもたれかかるみたいにして帰ってくるのを見た途端に、ふたりが抱き合ってたって話がパッと頭の中で弾《はじ》けて——気づいたときには部屋を飛び出してました」

淡々と話してはいても櫃原の声は苦しげで、どれだけ自制して打ち明けてくれているのかがひたひたと伝わってくる。翔太の胸がきりりと痛んだ。

「嫉妬です、自分勝手な。今までも翔太さんのまわりのひとたちとかうちの姉とか、あちこちに妬《や》きまくってたんですけど、今回のは本当に強烈で——」

続けざまになされた思いがけない告白に呆然とする。

昂《たか》ぶっていた感情が、吐き出したことで少しずつ落ち着いてきたのか、櫃原の拘束力《こうそくりょく》がいくらか緩《ゆる》んだ。そっと翔太が体を離す。櫃原はかすかに眉を寄せたものの、引き戻しはしなかった。

櫃原に座るように促《うなが》し、飲み物を用意する。グラスをふたつテーブルに置くと、翔太はいつものようにテーブルを挟《はさ》んだ向かいに腰を下ろした。足首の痛みがとうに消えていたことに今さら気がつく。

そしてもうひとつ気がついた。もしかしたら土曜日、翔太さんが好きだから翔太さんだけいてくれたらいい、そう言った櫃原の言葉は、友人としてではなく、冗談でもなく、真実の思いから吐き出されたものだったのかもしれない。からかって悪かったと胸が痛くなった。

「……あのな、はっきり言っておくけど」

ちいさく深呼吸をして、それから翔太が切り出した。

「ちゃんと聞いてほしい。——ものすごい誤解があるみたいだけど」

嘘をついているだとかごまかしているだとか思われないように、橿原にしっかりとまなざしを向けて翔太が告げた。

「おれとカズは付き合ってない。仲はいいけどただの友達。恋愛感情は全然ないから、お互いに」

「え——」

翔太の告白を聞いた橿原が呆然と目を見開いた。

「橿原が聞いた『好きだ』っていうのは相手はおれじゃない。……ここだけの話にしてほしいんだけど、カズ、好きな子がいたんだ。土曜の夜はその子に対する気持ちを聞かせてくれてたの」

「好きな子……、翔太さんじゃなく？」

うつろに呟く橿原に、だから違うって言ってるだろ、と翔太が苦笑して突っ込む。

「今日はその彼女との飲み会で、それでおれも駆り出されたわけ。だけど上手くいく相手じゃないってことがわかって、それでなんていうのかな、男同士の友情で、こう、ぎゅーっと」

こんな漠然とした説明で上手く伝わるのだろうかと迷いつつも力説した。

「だからおれとカズがどうこうってのはあり得ないし、まるっきり榎原の勘違い。友達増やせって言ったのも、本当に単純にそう思うから。邪魔だからとかそんなんじゃ絶対ない。わかった？」

じっと目を見て話したものの、榎原はまだ信じられないようだった。

しばらくぼんやりと翔太をみつめ、それからゆっくりと深く息をついた。

「良かった……」

ぽそりと吐き出されたその言葉には、何とも言えない重みがあった。どれだけ榎原が自分を思ってくれているかが感じられる響きに、翔太の胸がじわじわと締め付けられた。

初めて会ったときに好きになった、と言った。この一年、どんな思いでそばにいてくれたんだろう——気持ちを必死に隠しながら。打ち明けるつもりがない、打ち明けられない気持ちを抱《かか》えているのはどれほど苦しかったのだろう——？

「……すみませんでした、変なこと聞かせて」

反省と後悔とが滲む面持ちで榎原が詫びてきた。どうしようとその顔には書いてある。

言うつもりがなかったことを——告白したら最後、もう今までのような関係ではいられなくなると思ったからだろう、その気持ちを勘違いから吐露《とろ》してしまったのだ。自分ならきっと立ち直れないほど悔やむ。

それがわかる一方で、思いの対象が自分だということにはまだ実感が湧かない。——でも。

「変なこと、じゃないだろ、別に」

テーブルに視線を落とし、声にした。テーブルの上に置かれたグラス。樫原が作ってくれたもの——自分のために。自分を喜ばせるために。

「ひとを思う気持ちに、変も変じゃないもないと思うけど」

照れが混ざって、どことなくぎこちない口調になる。え、とかすかな樫原の声が聞こえてきた。翔太はすいと顔を上げた。

「相手が男だろうと女だろうと、好きって気持ちは同じじゃないのか」

「……気持ち悪くないんですか」

樫原が瞬きもせず、じっとこちらに薄茶色の双眸《そうぼう》を向けてくる。

「何も。少なくともおれは、樫原の気持ちを聞いてもそんなふうには思わなかった。もちろん、受け入れられるかどうかはまたちょっと別の問題だけど……」

語尾に進むにつれ歯切れが悪くなった。一拍間をおいて、樫原が窺うように問いかけてきた。

「絶対無理ってわけじゃないってことですか。俺にも望みはありますか」

ひたむきな瞳で縋《すが》るようにみつめてくる。こんな必死なまなざしを、誰かからぶつけられたことは今までに一度もない。

「望みって……」

問われても今すぐ答えは出せそうになかった。緑茶で唇を湿らせる。

正直あまりにも突然のことで、頭が上手く働かない。自分自身の気持ちだってよくわからない。ほんの一時間前までは自分が榲原の恋愛対象になっているだなんてこれっぽちも思っていなかったのだ。

榲原が自分を特別に感じてくれていることは確かにわかっていた。その思いの種類がどうであれ、榲原に好かれていることが嬉しかったのは事実だし、こんなとんでもない勘違いをしでかしたり、嫉妬に駆られて我を忘れてしまったりするほど自分を好きなのかと思っても、嫌悪は湧かず、むしろ心が甘くなる感じがする。

もしかして今まで、榲原のちょっとした言葉や態度に嬉しくなったりがっかりしたりしたのは、そんな気持ちに関係があるんだろうか。いざ榲原が交友関係を広げようとしたら戸惑ったのも、榲原に嫌われたかもしれないと思って心が沈《しず》んでしまったのも。

けれどこれが榲原の思いと同じかと――恋と言い切れるかと問われると返事に困る。

「……まだよくわかんねえ」

グラスを見やり、ひとりごちるように呟いた。

「そうですよね」

榲原がどことなく悲しげに笑った。その表情になぜだか胸が締め付けられる。

「今までただの後輩だと思ってた相手から急にこんなこと言われても困るだけだし、どうしたらいいのかわからないですよね」

自分自身を責めているような言葉を、違う、と遮る。え、と樫原がこちらに顔を向けてきた。

「困るとか、そういうんじゃない」

テーブルに両肘《りょうひじ》をつき、てのひらで顔を覆う。顔が熱を持っているのがわかる。眉を寄せ、指の隙間からちらっと樫原を見た。

「……自分の気持ちがわかんねえの」

「――、それって」

呟く樫原の声が少し明るくなる。過剰《かじょう》な期待を持たせてはいけないと、顔から手を下ろして告げた。

「樫原のことは好きだけど、でも今まで全然そういう目で見たことなかったから。だからまだ何とも言えないっていうか」

どう説明すべきかわからないまま口にする翔太をみつめる樫原の表情は、いつも以上の眩《まばゆ》さを放っている。こんなときに無駄にキラキラしないでくれと心で願った。

「恋愛対象になるかどうか、考えてもらえるってことですよね？　望みがないわけじゃないんですよね？」

熱のこもったまなざしに、自分が溶けたガラスにでもなった気がする。樫原に何かに作り上げられてしまいそうな――。

（……いや、待て待て）

　思わず流されかけそうになった自分を慌ててとどめる。

　確かに橿原といると落ち着くし、居心地もいい。もし自分たちが異性同士なら、こうやって橿原から告白されたら気持ちを受け入れたかもしれない。

　けれど現実にはふたりとも男で、ゲイではない自分にはやすやすと決断を下せない。同性同士の恋愛は、今までまったく縁のないものだったから。橿原に好意を持ってはいても、それが恋愛感情に変わるかどうかはわからない。

「……ちょっと時間くれるか？」

　情けないほど頼りない声が自分の喉からこぼれた。

「橿原の望む答えが出せるのかどうかわからない。それなのに待たせるのは悪いと思う。だから嫌ならはっきり言ってくれていいから」

「……嫌なんて言うと思いますか？」

　困ったようなちいさな笑みを浮かべて橿原がこちらを見る。

「どんな答えでも構いません。待てることが嬉しい。好きだって言えたことも、気持ち悪いって罵《ののし》られても仕方のない想いをちゃんと聞いてもらえたことも嬉しい」

　そう告げる橿原の表情は曇りのない、輝きに満ちたものだった。

　けれどやがて出る結論によっては、今すぐ拒んでいたほうが良かったと、ふたりとも悔やむことになるのかもしれない。そんな翔太の心中を察したのか、樫原がおだやかに口を開いた。

「宝くじの当選発表前みたいな感じです。結果が出るまではいろんなこと想像していられるでしょう?」

「……それはハズレ前提ってことか?」

「いや、そういうわけじゃ!」

必死に弁明する様が可愛いだなんて言ったら、怒るだろうか、喜ぶだろうか。くくっと翔太が笑いを噛み殺す。

「そういえば電話、なんで出なかったんだよ」

ふっと思い出して問いかけた。あ、と樫原がきまり悪そうに視線を逸《そ》らした。

「翔太さんが来られないってこと、多分翔太さんから聞いてすぐ滝野さんがメールで教えてくれたんです。翔太さん、寺井と約束してるから出られないって。……翔太さんにそれを直接言われたらへこむじゃないですか」

今だからこそ笑い話に出来たとしても、確かに誤解していた状態ではきつかっただろう。

「……ヘタレ」

愛《いと》おしみを込めてからかうと、すみませんね、と樫原がちょっと拗《す》ねた顔をした。

だけどヘタレは自分もだ。はっきりと樫原に向き合う勇気がなかった。

さっき聞いた話によれば、樫原はもしかしたら翔太が来るんじゃないかとわずかながらでも期待していたのだ。来るかもという期待、断られるかもしれない悲しさ、電話の内容を推測して天秤《てんびん》にかけて、傷付かないほうを選んだ櫑原がいじらしく思えた。

笑みを浮かべて緑茶を飲んでいたら、あの、と、櫑原が遠慮がちに呼びかけてきた。

「ん？」

グラスを唇につけたまま目を向ける。櫑原はどことなく緊張した面持ちでこちらを見ていた。

「……ちょっとだけ触ってもいいですか」

「えっ」

思わず声を上げた翔太に、はっとしたように櫑原が目を見開く。

「すみません、なに言ってんだろう俺」

口元を押さえ、狼狽《ろうばい》をあらわにして櫑原が呟いた。

「や、別にいいけど……」

ぎこちなく答えてから、返した言葉に我ながら驚いた。櫑原の動揺がこちらにも伝染してしまったんだろうか。

間違えた、と慌てて訂正しようと口を開きかけた翔太より早く、櫑原が声を出した。

「……いいんですか」

確かめてくる顔は生真面目《きまじめ》で、緊張が痛いほど伝わってくる。その姿を見たら、とても拒《こば》めはしなかった。

（……別にどうってこと）

これまでいくらでも接触している。今さら何を意識しなきゃいけない？　変に照れるからいけないのだ。

「いいよ」

翔太が短く答えた。ごくりと息を呑み、橿原が隣に来た。落ち着けと言い聞かせる頭とは裏腹に、翔太の鼓動《こどう》が速さを増していく。

壊れ物に触れるように、そっと橿原が翔太を抱き締めた。さっきとはまるで違う、躊躇《ちゅうちょ》と遠慮に満ちた抱擁《ほうよう》。とてつもなく大切にされていることが――恋心が感じられて、翔太の心を甘く締め付けた。

「……なんか照れるな」

気恥ずかしくてつい茶化す。はい、と同意した橿原の響きは、けれどひどく真摯《しんし》だった。笑う余裕もないだけ真剣なのかと思うと、なんだか胸がきゅうっとなった。

橿原がなぜそこまで自分を好きになってくれたのか、いろいろ教えられはしても、やっぱりよくわからないし、自分のどこにそんな気持ちを向けてもらえるだけの価値があるのか不思議になる。それでもまっすぐな橿原の好意は純粋《じゅんすい》に嬉しい気がした。

今まで何も気づかずに、無意識のうちに橿原を傷つけていたことがきっとたくさんあるのだろう。多分これからも。そんな痛みに耐え、この先の痛みも受け入れる覚悟をしているらしい

櫃原が、やけに健気《けなげ》に、そして強く思えた。

「……好きです」

こらえきれないように櫃原が声をもらした。

「好きです――、本当に好きです。翔太さんに会うまではガラスだけ作ってられたら幸せだった。だけど今はそれ以上に翔太さんが」

好きです、ともう一度言葉にした。

翔太の全身が熱くなる。とてつもない情熱が感じられる響き。答えを求めているわけではない、ただあふれ出る思いを止められないような。

今までの人生でこれほどの強い愛情を受けたことはない。見返りがなくても、それでもいいと櫃原は覚悟しているのだ――。

櫃原への愛しさで、無意識に広い背を抱き返していた。その直後だった。櫃原の唇が翔太の唇に重ねられた。

「んっ――！」

突然のことに翔太が目を見開く。それと同時に、はっとしたように櫃原が身を離した。

「……っ、すみません！」

うろたえて謝る櫃原に、心臓をばくばくさせながら、いや、と翔太が首を振る。今のはどう考えても自分が悪い。つい感情が昂ぶった。煽《あお》ったも同然だ。

「櫃原は悪くない。おれが悪い」

恥ずかしさと居たたまれなさとで、視線を合わせられない。いえ、と否定した櫃原の顔は見られなかった。

しばらく気恥ずかしい沈黙が続く。自分を落ち着かせようと深呼吸をひとつして、それから隣にちらりと目を向けた。

櫃原の頬が、淡い紅色に染まっている。本当に好かれているんだと、じんと胸に温かさが広がった。

「……翔太さん」

いくらか経《た》ってから、小声で呼びかけられた。ふっと面《おもて》を上げると、櫃原が姿勢を正して座っていた。つられてこちらも座り直して向き合う。

「潮まつりの最終日、もう誰かと約束してますか」

「花火？」

はい、と櫃原が頷き、照れくさそうに、けれど意を決したように口を開いた。

「もしよかったら俺と花火を」

そこまで聞いた翔太が、思わず吹き出した。え、と戸惑う櫃原に、悪い悪いと謝った。さっきからずっと櫃原に失礼なことばかりしてしまっている。

「いや、こないだ花火のジンクス聞いたところだったから」

そう返したら、櫂原の顔が一層真っ赤に染まった。

「……知ってたんですか」

うん、と認めた翔太に、櫂原は気まずそうにうつむいた。

「女みたいだなとか思ってるでしょう？」

「いや、そんなことは」

答えた声に笑いが混じる。

「思ってますね」

少し拗ねたように詰《なじ》る櫂原を見て、違うって、と翔太は首を振った。

「可愛いなと思って」

笑って返事をすると、櫂原がちょっと怒ったように翔太を睨《にら》んだ。目元がほのかに赤い。

「……ひとのせいにしたくないですけど、俺の理性が決壊したら翔太さんのせいですからね」

「は？」

「可愛いって、どっちのほうが可愛いんですか」

不機嫌なのは多分照れ隠し。やっぱり櫂原のほうが可愛いんじゃないかと思いながら、言えばまた気恥ずかしくなることを言い返される気がして黙っていた。

「――花火」

そろりと翔太が口にする。櫂原がぴくっと肩を揺らした。

「おれはもともと櫂原と見に行こうと思ってたけど」

そうはっきりと言葉にした途端、櫂原が感極《きわ》まったような表情になった。まるで泣き出す寸前の子供みたいな。

「や、ジンクスとか抜きだからな。っていうかその顔、せっかくのガラス王子が台無しだぞ」

混ぜっ返して照れくささをごまかした翔太に、そんなのどうだっていいです、と櫂原が吐き捨てた。

「一緒に行ってもらえるだけで——、それだけで」

答える声がかすかに震えている。

「……本当は今のままでも充分満足なんですけど。でも頑張ります。翔太さんに特別に見てもらえるように」

恥ずかしげに宣言して、櫂原は微笑んだ。

——今でも相当特別は特別なんだけど。

声に出さずに呟いた翔太を、ガラス以上に輝く櫂原の瞳がみつめていた。

恋人になりたい

k o i b i t o n i n a r i t a i

「うわ、あち」

小樽駅《おたるえき》のホームに降り立った途端、翔太《しょうた》は思わず顔をしかめた。

いくら北海道の夕方とはいっても、七月ともなれば気温は高い。快適な温度に保たれている電車の中に三十分以上いたせいで、外の暑さが余計にこたえてしまう。おまけに今日は今年最初の真夏日だ。

「すげえな、五時過ぎてんのにこのモワモワ感」

土曜で平日よりも観光客が多いホームを歩きつつ、翔太がげんなり息を吐く。そうですね、と隣から涼しげな声が返ってきた。

「毎日これじゃ、うんざりしますよね」

そう答えた樫原《かしはら》に、翔太が疑いのまなざしを投げた。

「……とか言って、全然暑そうじゃないんだけど」

「え、ちゃんと暑いですよ?」

そんなことを言いながら、樫原が暑さを感じている様子はやはり微塵《みじん》も窺《うかが》えない。顔には少しも汗がにじんでいないし、表情だって涼しげだ。子供のころから高温の工房にいるせいで、道産子《どさんこ》とは思えないほど暑さへの耐性がついているらしい。ちいさく苦笑いしていたら、わ、と高い声がした。

「紺《こん》ちゃん、樫原くん!」

嬉しげに呼びかけてきたのは滝野友里恵《たきのゆりえ》と安住芽衣《あずみめい》、翔太の同級生ふたり組だ。それぞれ手に紙袋を下げている。

「どうしたの、札幌《さっぽろ》行ってきたの？」

いつも通りハート型の瞳を櫂原に向けてふたりが尋ね、はい、と櫂原が頷いた。

「なんだぁ、それなら私たちも札幌にいれば良かった。今日からバーゲンだから、穴場狙《ねら》いで休みなのに小樽まで来たんだけど」

「札幌にいたって別に会うわけじゃないじゃん」

冷静に翔太が呟くと、気持ちの問題、と友里恵が口を尖《とが》らせた。

「ねえねえ、どこ行ってきたのー？」

芽衣に呑気《のんき》に問われ、櫂原が素直に伝えた。

「美術館です」

女子ふたりがぎょっとした顔になり、それから爆笑した。

「うそ、紺ちゃんが美術館？　似合わなーい！」

「櫂原くん、紺ちゃん歩きながら寝てなかった？」

「寝るか」

櫂原が答える前に、翔太が友里恵と芽衣にツッコミを入れる。

ちょうど今開催中の絵画展が櫂原の興味があるものだったらしく、チケットがあるので良かったら一緒に行きませんかと声をかけられた。美術館は自発的には行かない場所だけれど、だからこそ行ってみるかと誘いに乗った。

入館前は、正直途中で飽《あ》きてしまいそうな不安を若干《じゃっかん》覚えなくはなかったが、ヨーロッパの近代絵画は翔太も知っている作品が多く、いつのまにか夢中になって作品を眺めていた。

当然櫃原も熱心に作品をみつめていた。自然な形でそれぞれ観たいように観たいものを見て、余計な気を遣《つか》わないほどよい距離がちょうど良かった。

「ねえねえ、今度私たちも一緒に行っていい？　櫃原くんの解説聞きながら美術館回ってみたいなあ」

「解説できるほど知っているわけじゃないので」

甘ったれてねだった友里恵に、櫃原が相変わらずの付け入る隙のない返事をしたものの、でも、と言葉を続けた。

「ただ一緒に行くだけでいいなら、今度みんなで」

「えっ、うそ、嬉しい！」

一瞬しおれた友里恵と芽衣が、きゃあっと歓声を上げる。

「じゃあ今度観に行くとき教えて！」

「っていうかこっちから声かけるから！」

「え、あ、はい」

ふたりの興奮ぶりに櫂原は当惑《とうわく》気味だ。翔太が苦笑いして口を挟《はさ》んだ。

「おい、いいのか？　乗るんだろ、間に合わなくなるぞ」

ホームで待機している電車に目をやって言うと、ふたりが残念そのものの顔になる。

「もっと話したいのにー。でもこれ乗り遅れたらバイト遅刻だしー」

「また月曜になれば会えるじゃん、大学で」

大袈裟《おおげさ》に名残《なごり》惜《お》しさをアピールするふたりを呆《あき》れ混《ま》じりに笑う。そんな翔太に目を向け、わかってないんだからと芽衣がため息をついた。

「紺ちゃんはいつでも櫂原くんといられるから、櫂原くんの有《あ》り難《がた》みがわからないんだよ。贅《ぜい》沢《たく》すぎ」

「いや、別に俺は有り難がってもらえるような人間じゃ」

冷静に訂正した櫂原を見やり、ううん、芽衣がきっぱり首を振る。そうよ、と友里恵も力を込めて同意した。

「櫂原くんはうちの大学の宝だよ。なんてったってガラス王子だもん」

「それ面と向かって言われたら本人困るだろ」

翔太が苦笑いで諌《いさ》めると、事実でしょ、と悪びれない答えが友里恵と芽衣から返された。そりゃそうだけどと返事をしかけたとき、後ろからスーツケースやキャリーバッグを引いた観光客らしき集団がぞろぞろとやってきた。四人は脇によけたが、おしゃべりや写真撮影《さつえい》に夢中な観光客は、おそらく悪気なく周囲に無頓着《むとんちゃく》だ。

人の振り見て我が振り直せ、おれも気を付けないとと思っていたら、その中のひとりのキャリーバッグの車輪が翔太の足を踏みそうになった。反射的に足を引いた途端、ふっとバランスが崩れた。

（――うわ）

声にならない声を上げた翔太の体は、けれど地面に倒れなかった。体が触れているのは、硬く冷たいコンクリートではなく、温かみのある体だった。

「――大丈夫ですか？」

すぐ間近から、整いすぎるほどに整った顔が問いかけてきた。こちらをみつめる、まるでガラス玉を埋め込んだような瞳――見慣れているとはいえ、至近距離からの迫力に思わず息を呑む。

「翔太さん？」

気づかわしげに問われ、ようやく我に返った。そして櫃原にしっかりと抱き支えられている状態に気がつく。

「わ、悪い！」

慌ててパッと身を離す。いえ、と櫃原がおだやかに答えたのと同時に、友里恵と芽衣が心配そうに声をかけてきた。

「紺ちゃん、大丈夫？」

「……いやー、参った参った。反射神経悪すぎだなおれ」

どうにもバツが悪くて、ふざけた声でごまかす。そんな翔太を見てほっとしたのか、しっかりしてよとふたりがからかってきた。

「だけどひどいよね。全然こっちのこと見てなかったよ」

まるで気づいていないのだろう、楽しげに去っていく観光客の後ろ姿を見て友里恵が憤《いきどお》る。ホントだよ、と芽衣も頬を膨《ふく》らませた。

「わざとじゃないんだし仕方ない。別に怪我もしなかったんだし」

苦笑いで翔太が宥《なだ》めると、それはそうだけど、と渋々といった面持ちで友里恵が呟いた。

「……それにしてもー」

友里恵のまなざしがすうっと櫃原に動いた。その顔はキラキラピカピカ輝いている。

「櫃原くん、すごぉい。咄嗟《とっさ》に抱《かか》えるなんて素敵すぎ。やっぱり王子だよー」

「あーあ、私が紺ちゃんの場所にいたかった」

友里恵と芽衣がきゃあきゃあはしゃぐ。まもなく発車を知らせるベルが鳴り、ふたりは慌てて列車に飛び乗った。それを見送ってから櫃原と並んで改札に向かって歩き出す。

「足元気をつけてくださいね」

改札に続く階段を降り始めた翔太に、櫃原が心配して呼びかけてきた。

「そこまで年じゃないって」

翔太が苦笑して返す。すみません、とはっとしたように謝られた。その素直な反応に、いやいや、と慌てて首を振る。

「それよりさっきはありがとな。助かった」

すっかり遅くなってしまった感謝の言葉を、いえ、と櫂原はほのかに微笑《ほほえ》んで受け取ってくれた。

「なあ、晩飯一緒に食べるだろ？　冷やしラーメンとかどうだ？」

「食べたいです」

櫂原が間髪《かんはつ》入れずに同意した。

「よし、決まり。材料買って帰ろう。あ、それとこないだ餃子《ぎょうざ》作って冷凍してあるから」

「すごいな、中華の日ですね」

喜ぶ櫂原を見やり、大袈裟だと翔太が笑う。胸を張って料理が得意だと言えるほどのレベルではないけれど、子供のころから母親を手伝っていたせいか、台所に立つのは苦にならないし、普段食べるようなものならどうにか作れる。

「翔太さんの餃子、美味《おい》しいですよね。皮がパリッとしてて、中はジューシーで」

「おだてんなよ」

「おだててませんよ。本当のことです」

照れた素振《そぶ》りもなく、淡々と榧原が口にした。いつもながらあくまで真顔だ。

どんなときでも端整な面立《おもだ》ちの男は、「ガラス王子」のあだ名が確かにこの上なく似合っている。

(――翔太さんが好きです)

そんな王子から、熱のこもった告白をされてひと月以上になる。

待つと宣言したその言葉どおり、榧原は返事を求めて急《せ》かしてくることも、無理やり距離を詰めてこようとすることもなかった。そして自分はといえば、紳士的な榧原の態度に甘えて、ついそのままの関係を続けてしまっていた。

(……いいはずないんだけどなあ)

わかってはいる。わかってはいても、それでも――。

無意識に自分の世界に入り込みかけていた頭が、駅から夕暮れの外に出ようとした途端、ふと現実に戻った。荷物を持った夫婦らしきふたりが、入口にある「むかい鐘」の前で交互に写真を撮《と》っているのが見えたからだ。

「撮りましょうか?」

翔太が声をかけると、すみません、とふたりが嬉しげな声を上げた。

小樽駅は駅舎自体が観光スポットになっている。四番ホームは少年時代を小樽で過ごした昭和の大スターにちなんで「裕次郎《ゆうじろう》ホーム」と名付けられ、等身大のパネルが置かれているし、吹き抜けのエントランスホールは、ガラスの街にふさわしく、窓にたくさんのランプが飾られている。

そして駅の入り口に置かれた青銅色の「むかい鐘」は、小樽駅のシンボルのひとつだそうだ。かつては列車の到着を知らせていたというその鐘は小樽を体現化したようなレトロな雰囲気があり、定番の撮影スポットらしい。

翔太も小樽に来て以来、何度かシャッターを押してほしいと頼まれて、そのうち自然とこちらから声をかけるようになった。小樽で暮らすようになってまだ日は浅いものの、住民の一人として、訪れてくれた人たちの旅の思い出に役立てるようになりたい。

数枚撮って写真を確認してもらう。還暦祝《かんれきいわ》いに子供たちが旅行を用意してくれたのだという夫婦が、どうもありがとう、と目尻《めじり》に皺《しわ》を寄せて喜んでくれた。どう致《いた》しましてと微笑み返す。

「この鐘、鳴らしていいのかな?」

男性に問われ、大丈夫ですよ、と翔太が答えた。なあ、と榧原に後押しを求めると、生まれも育ちも小樽の男がこくりと頷いてくれた。

じゃあ、と夫婦で鐘を打ち鳴らす。見かけ以上に大きな音を立てる鐘に、まあ、と女性が驚き混じりにはしゃぐ。

「小樽、初めてですか?」

翔太の問いかけに、そうなんです、と男性が笑った。

「一昨日《おととい》は旭川《あさひかわ》、昨日《きのう》は札幌で、今日は昼前から小樽にね。お昼に寿司《すし》をいただいて、運河へ行って、ガラスのお店を見て」

「ガラスですか？」

思わず翔太の口から興奮した声が出た。女性がほんわりした笑顔で首肯《しゅこう》した。

「本当にたくさんお店があるのねえ。どのお店のも素敵で全部欲しくなっちゃった」

にこにこと話し、特にね、とおだやかに続けた。

「橿原工房さんてところ。小樽に来るまで知らなかったんだけど、そこで飾られてたガラスのカーテンがとても素敵だったわ」

「え」

翔太の心臓がびくっと跳ねた。本当にきれいだったのよ、と彼女がうっとりと目を細めた。

「光を集めてきらきら輝いて。あちこちに虹が出来てね、あんなに素敵なの初めて見たわ」

「……そうなんですよ、すごいきれいなんですよね！」

力を込めて翔太が頷くと、女性が喜ばしげな面持ちになる。

「あら、やっぱり地元のかたもご存じなのね」

「や、もっともっと地元の人にも地元以外の人にも知ってもらいたいんです。あのガラスの光り方、ホントにすごいんで！」

力説する翔太を見て、関係者の方ですか、と男性が尋ねてきた。

「あ、いえ、おれは――」

自分の入れ込み具合に気づき、慌てて首を振る。本当の関係者は隣で静かに佇《たたず》む男だ。翔太にやわらかなまなざしを向け、夫婦が微笑んだ。

「いいわね、地元のかたにこんなに愛されてるって素敵ね」

お世辞というわけでもなさそうな、温かな声で女性が言った。翔太の胸にほっこりと灯が点《とも》る。

「……びっくりした、まさか櫃原の作品を見てきた人に会えるなんて」

改札に向かうふたりを見送ったあと、興奮を引きずったまま、駅からアパートに向かって歩きながら翔太が息を吐いた。

「さすが櫃原、やっぱすごいやつなんだなぁ」

「いえ、そんなことないです」

嫌味なく謙遜《けんそん》する櫃原に、あるよと翔太が笑って首を振る。

「嬉しいもんだな、ああやって言ってもらえると。ホントにあのカーテン、めちゃくちゃきれいだもんな。よくあんなすごいの作れたよ」

輝くカーテンを脳裏に思い浮かべ、しみじみと翔太が口にした。

ガラスのカーテンは小さなガラス玉をいくつもつなげて作られたもので、櫃原工房に展示品として飾られている。作ったのはもちろん櫃原だ。翔太も初めて見たとき、清楚《せいそ》な美しさに息を呑んだ。たくさんのガラス玉が光を反射して輝くさまは、繊細《せんさい》なのになぜか力強くて、不思議な感動を覚えたのだ。

「まあおれが興奮してどうするって話だけど。おれが作ったわけでもないのに」

関係者と間違われるほどの自分の興奮ぶりを思い返し、翔太が苦笑いした。

「嬉しかったですよ」

おだやかな声でささやかれた。え、と翔太が櫂原を見上げる。

「翔太さんにああやって言ってもらえて。あの人たちに作品を褒《ほ》めてもらえたこと以上に嬉しかったです」

まっすぐにこちらを見て櫂原が声にする。夕暮れの日差しを浴びた櫂原の姿はいつも以上に眩《まばゆ》くて、翔太の心がやけにくすぐられた。照れ隠しに言い捨てる。

「ば……、おれの審美眼《しんびがん》なんか当てになんねーって」

「なりますよ」

淡々と答えた櫂原がうっすらと微笑む。その横顔を見やり、翔太は力強く言った。

「とにかくな、櫂原が作るものはめちゃくちゃきれいなんだよ。おれの好みぴったりって言うか、どれを見ても感動するって言うか。こないだの学祭のもすごいきれいだったし。ホントなんでこんなにおれがいいなって思うものばっかり作れるんだろうって不思議になる。櫂原すげえよ」

「――、ありがとうございます」

そう櫂原が口にした瞬間、なぜかふと微妙な違和感を覚えた。

(ん――?)

その引っ掛かりを自分に質《ただ》そうとしたのと同時に、翔太のポケットで着信音が響いてきた。

『翔ちゃん、今いい?』

のどかに尋ねてきたのは和弘《かずひろ》で、明日の昼に庭でジンギスカンをするから来ないかという誘いだった。

「お、いいな、行く行く!」

明日の予定は何もない。和弘の家でのジンギスカンには今まで何度もよばれているけれど、毎回その美味しさに舌が蕩《とろ》けそうになる。親戚《しんせき》が精肉店を営《いとな》んでいる関係でか、いつも抜群《ばつぐん》の肉を食べさせてくれるのだ。

『櫂原も誘ってみてよ。うちのばあちゃん、イケメン大好きだからさー。櫂原のこと話したらぜひともお越しいただけって』

呑気に笑う和弘に了解して話を終えた。早速今の話を伝えると、いいんですか、と櫂原がためらった。

「誘ってくれてるんだからいいんじゃね? っておれが言うなって話だけど」

のんびり笑って答えたら、それじゃお言葉に甘えて、と遠慮がちに櫂原が受諾《じゅだく》した。

そんなやり取りになんとなく微笑ましい気分になった。

近頃櫂原はいろいろな人と接する機会が増えた。どうやら交友関係を広げろと言った自分の言葉を聞き入れてくれたらしい。先週も和弘と一緒に食事をしたし、友里恵や芽衣たちとも遊びに出かけた。もちろん毎回翔太も込みだが。

劇的な変化ではなくても、少しずつでも櫂原の世界が広がっていっているのがわかる。保護者さながらに自分が付いていく必要はないんじゃないかと思いつつ、一緒に来て欲しいと頼まれれば、断る理由もなくて翔太も顔を出していた。

積極的に話をしたり盛り上げたりすることはないものの、櫂原もその場の空気は楽しんでいるようだ。櫂原の世界が無理なく広がっていくのは、翔太としても喜ばしかった。

そんなふうに友達と過ごすようになったほかにも、櫂原は外に出ることが増えた。小樽市外に出かけてみたり、芸術からはかけ離れた映画を観に行ったり。今日も美術館を出たあとで、実は櫂原も翔太も入ったことがなかったと判明したテレビ塔に行き、その流れで時計台を見て、観光幌馬車《ほろばしゃ》にまで乗ってしまった。道民のくせにと笑いながら、今さらの札幌観光は楽しかった。直接創作に結びつくことはないとしても、なんらかの思いがけない養分になれば嬉しい。

ただそうして過ごす中で、気になっていることがふたつあった。

ひとつは他ならぬ自分の存在だ。

ほかの友人たちとの橋渡し役になるのも、櫂原と出かけたり、そろって食事をしたりするのも少しも嫌じゃないけれど、果たしてそれが橿原にとっていいことなのか迷いがあった――橿原の思いを知った上で、それでそばにいていいのかと。返事もしていないのに。

好きだと橿原に告白されたあと、頼まれたことがあった。

(今までと変わらないでいてもらえますか。距離を取ったり、変に意識したりしないで、今までと同じように――、……いや、こんなことお願いしても、無理っていうか、難しいっていうのはわかってるんですけど)

訥々《とつとつ》と口にする橿原の表情は真剣で、翔太はその目をみつめ返した。

(図々しい頼みだってわかってます。でももし気持ち悪くなかったら、せめて答えをもらえるまで――、それまでは今までと同じ感じで付き合ってもらえませんか)

切羽《せっぱ》詰《つ》まった面持ちで言われて拒《こば》めるわけがなかった。それにそもそも翔太の中に、橿原の思いに嫌悪を感じる部分はなかった。

だから、おれは構わないけど、と返事をした。橿原がほっとしたように目元を緩《ゆる》めた。

(……でも橿原はそれでいいのか?)

翔太が尋ねると、え、と不思議そうな顔をされて、思わず一瞬視線を逸《そ》らした。

(告白した相手と一緒にいるってきつくない?)

それなら自分が早くに答えればいいのだとわかりつつも、それも出来なくて問いかけた。少しして、橿原がちょっと困ったように微笑んだ。

（きついわけないですよ。そばにいられないほうがずっと苦しいです）

そう言われて、翔太も今までどおりでいることを決めた。

だからこうして以前と同じように過ごしている。

樫原の自分への態度は告白前とまるで変わらない。思いを口にすることもないし、何か行動を起こしてくることもない。何も聞かされていないような錯覚《さっかく》に陥《おちい》りそうになることもたびたびだ。

けれど告白が錯覚ではないと思い知らされるのは、時折樫原から投げかけられるまなざしのせい――それまで向けられたことのない、ひどく熱のこもった視線をふとした時に感じることがある。さりげなくだったり、まっすぐにだったり。こちらはどう応えたらいいのかわからなくてぎこちなく躱《かわ》すだけだ。

それでもそろそろちゃんと答えを出さなければと思ってはいる。

いくら気長に待つと言ってくれてはいても、待つのにも限度があるはずだ。ある意味不安定な状態をずるずると続けているのも良くない。

それがわかっていながら実行できず先延ばしにしてしまっているのは、正直自分でもどうしたらいいかわからないから――。

（本当か？）

ふっと心の奥底から質すような声がした。

わからないということにして、単に答えを先延ばしにしているだけじゃないのか？　もうひとりの自分が、冷静な指摘をしてくる。

櫂原と過ごすのは、今も変わらず楽しい。櫂原に好かれている状態は嫌じゃないし、むしろどきどきする。熱いまなざしだって、浴びた瞬間心地よい電流が体の芯《しん》を走るくらいだ。

たとえばさっき抱き留められたときも、本当は相当にどぎまぎしていた。でも当然それを素直に表に出すことなんて出来なくて、ごまかすように笑うしかなかった。

——もしかして、だけれど、これまでの乏《とぼ》しい恋愛経験を思い返してみれば、この感覚は限りなく恋に近い気がする。一緒にいて胸が弾《はず》む感じや、心がほわりと浮き立つ感じ。櫂原と過ごす時間の心地よさや楽しさは、眩い輝きに満ちていた。

なのにギリギリの部分で認められないのは、同性同士の恋愛という領域に足を踏み入れる勇気がないせいだ。

ゲイじゃない自分には、同性との恋愛はある意味違う世界の出来事のように感じられる。付き合ったとしても多分関係をオープンには出来ない——もちろんしてはいけないことじゃないが、そこまでの勇気はない。きっと自分には想像もつかないくらい、普通に男と女で付き合うよりもずっと大変なことが多いのだろうと思う。

何より一番戸惑ってしまうのは体——異性だろうと同性だろうと、恋人同士になればやはりセックスは避けて通れないはずだ。

樫原と寝るとしたら、多分自分が抱かれる側になる。体格で決めるのなら、多分そうなるのが自然なんじゃないのかと思う。でも正直ちょっとためらいがあった。今まで普通に男として生きてきて、自分が受け身になる日が来るなんて夢にも思わずにいたのだ。そもそも女の子とだって最後までしたことがない。それなのにいきなり同性に抱かれてしまうというのは、やはり躊躇《ちゅうちょ》があった。自分が自分でなくなるような、男でいながら男でなくなってしまうような——。

それに樫原だって自分と同じく未経験のはずだ。今まで同性と寝たことがあるのならともかく、いざ現実にそういう場面になって、自分と同じ体を持つ相手を前にしたら、急に冷静になってしまうかもしれない。そのときになかったことにしてほしいと言われてしまったらどうしたらいい——？

いろいろなことが頭の中でぐるぐると渦巻《うずま》いていて、自分でも情けないと思いながら不安になって身動きが取れない。恋愛初心者の自分にはハードルが高すぎる。

（……ああ、もう——）

ぐちゃぐちゃに混乱していて、自分でもどうしたらいいのかわからないというのが正直なところだ。

けれどいつまでもこのままではいられないことだけは、よくわかっているつもりだ。自分が樫原の立場なら、いくら急がないと言ってはいても、やはり答えは一日でも早く欲しくなるに違いない。自分のほうが年上なのだし、ちゃんと橿原を安心させてやらなければ。

返事にベストなタイミング――やはり潮《うしお》まつりということになると思う。

今月下旬に開かれる、小樽最大の祭り。その最終日に行われる花火大会に、橿原から一緒に行きたいと誘われて受諾していた――花火を見て告白すると上手《うま》くいく、そんなジンクスが女子たちの間でまことしやかにささやかれているのを承知の上で。

多分橿原はその場で改めて告白してくるつもりだろう。そして当然色よい答えを望んでいるはずだ。その期待に応《こた》えたい――でも。

自分でもどうにもならない混乱にかられつつ無意識に軽く息を吐くと、翔太さん、と呼びかけられた。ふと顔を上げる。戸惑うような橿原のまなざしにぶつかった。

「キュウリが何か……?」

その言葉に自分がキュウリを握り締めていたことに気づく。ぼんやりしているうちにスーパーの中、野菜売り場に佇《たたず》んでいた。

「――あ、いや、トゲトゲしてるのはどれかなー、と」

相当苦しいごまかし方をして、選んだキュウリをひょいと買い物かごに入れる。訝《いぶか》しげな橿原の視線から逃げるように、もやしの袋を手に取った。何を作るんですかと問われて、中華サラダと返したら、美味しいですよね、と橿原が笑んだ。それから優しい瞳が翔太を見る。

「……翔太さんはすごいですね」

吸い込まれそうな輝きにドキッとしながら、全然、と首を振った。

「すごいって言われるようなもんは何も作れないって。簡単なものばっかりだし」

「いえ、料理のことばかりじゃなくて。さっき駅前で写真撮りましょうかって自分から声かけたのもすごいなと思って」

「え？」

「俺なら言えないから。そういう親切を誰に対しても向けられるって、本当にすごいです」

「や、それ買い被《かぶ》りすぎ。そんな大したことしてねえって」

あまりにストレートな褒《ほ》め言葉。恥ずかしさを弾《はじ》き飛《と》ばすように笑う。してますよ、と櫂原が優しい表情で答えた。

すごいというなら櫂原のほうがずっとすごい。照れくささもなく、こんなふうにまっすぐに褒めることが出来る。告白されたときだってそうだった。自分にはとても出来ない。

とはいえここで褒め合い合戦をするわけにはいかないと、翔太が気持ちを切り替えた。

「なあ、それはそうと大丈夫なのか？」

冷房がきいて心地いい店内を巡りつつ、翔太が尋ねた。何がですか、とカートを押す櫂原がおっとりと訊《き》き返《かえ》してくる。

「工房。最近あんまり行ってないだろ。今日だって行けなかったし、明日も結局帰りは夕方になると思うけど」

「ああ――、大丈夫です」

静かに樫原が微笑んだ。だけど、と翔太が口にしかけたら、そういえば、と樫原が言った。

「明日なんですけど、おみやげってどうしますか」

「あ、うん、和弘のじいちゃんとばあちゃん、ビール好きだけど」

「それならビールにしませんか。良かったらふたりで一緒に」

「じゃあ今買っとくか」

翔太の提案に樫原が頷いて、ふたりで和洋酒コーナーへ向かう。

「どこの銘柄《めいがら》がいいですか」

「なんでも好きだって聞いてるけど」

そうですか、と答えて樫原がいろいろなビールを見比べる。

(……なんかはぐらかされた?)

ビールの品定めをする樫原を見つつそんなふうに感じてしまったのは、自分の気のせいだろうか。

もうひとつの気になっていること――それは樫原がこの頃ガラスを作っていないことだ。

これだけ出歩いているのだから当然と言えば当然なのだけれど、近頃樫原は工房へ行く時間も回数も減っている。先月行われた大学祭に出展した作品を作ったあと、翔太が見ているかぎり工房へ行っていない。

外の世界を見るように勧めたのは自分だし、それがプラスになるはずだと思うものの、あれほどガラス作りに没頭《ぼっとう》していた人間が、ここまでガラス以外の生活に時間を費《つい》やすようになるとは想像していなかった。

しかもこうしてガラスの話をしたらさっさと打ち切られてしまって、ますます違和感が強くなる。話すことを拒んででもいるような——今までの橿原なら到底考えられない。何かあったんだろうかと心配になるものの、傍で見ている分には順風満帆《じゅんぷうまんぱん》で、問題など何も感じられなかった。

（充電中ってことか？）

学校祭の展示作も無事に出来上がったし、単に今はガラスからちょっと離れて休息をしたいだけなのかもしれない。だとすれば心配はないのかもしれないが。

（そうか——、そうだよな）

橿原にかぎってスランプなんて考えられない。あれほど才能に恵まれ、ガラスへの愛に満ちている人間なのだ。

大学祭で飾られた作品は、四年間で四季をモチーフにした連作を作ることにしているらしく、青い泡《あわ》の使われ方がとても印象的な、夏の海をイメージした平皿だった。

昨年の桜をテーマにした器もきれいだったけれど、今回の作品も本当に素晴らしくて、みな絶賛していたし、翔太も素直に感動と興奮を橿原に伝えた。橿原も恥ずかしげに微笑んでくれた。

――そういうことなら迷わず率直に思いを口に出来るのに。はあと自己嫌悪のため息がこぼれた。

「翔太さん？」

訝しげな呼びかけにハッと顔を上げる。心配そうな橿原のまなざしとかち合った。数分の間に二度も同じような事態に陥《おちい》るなんて最悪すぎる。

「ごめん、腹減ってボーっとしてた」

信じてもらえるかどうかわからない言い訳をして、翔太はぎこちない笑みを繕《つくろ》ってレジへ向かった。

「ばあちゃん、この皿持って行っていい？」

翔《しょう》太《た》が声をかけると、もやしを洗っていた芙《ふ》実《み》子《こ》が、お願い、とこちらを見て返事をした。

「ついでにお箸《はし》も頼めるかい？」

「もちろん。あ、コップも持ってくわ」

「大丈夫か？　そんなにいっぺんに持てるのか」

冷蔵庫からキャベツを取り出し、勝昭《かつあき》がからかってくる。

「持てますよー。もう子供じゃないんだから」

ふざけて笑い、トレーにあれこれ載せて台所を出る。

数年前、祖父の勝昭が定年を迎えたのを機に長年憧《あこが》れていた小樽《おたる》に移住してくるまでは、勝昭と芙実子夫婦は日高《ひだか》で和弘《かずひろ》一家と同居していたから、翔太も子供のころからの付き合いだ。気さくで明るいふたりは人をもてなすのが好きで、近所の子供たちの面倒も見てくれた。当然幼少期の失敗のあれこれも知られていて、だからこそ心配もされる。そんな相手が実家を離れたこの小樽にいることは、くすぐったくもあり、心強くもある。

「翔ちゃん、ここ置けるよ」

庭に広げた折り畳《たた》みテーブルを拭《ふ》いていた和弘が呼びかけてくれた。サンキュ、とそこにトレーを置く。

「でも悪いな、いっつも準備最初から手伝わせて」

済まなげに謝る和弘に、なに言ってんだよ、と翔太が返した。

「食わせてもらうんだから準備も一緒にするのは当たり前。……とかな、一番きつい仕事樫原《かしはら》にさせておいておれが言うのもなんだけど」

苦笑いで続けたら、そんなことないですよ、とうちわで炭に風を送りながら樫原が否定した。

コンロの炭火を熾《おこ》しているのは樫原だ。ただでさえ午後の日差しは強いのに、火のそばは煙《けむり》や熱気でひときわ温度が高い。

いくら元気でも、七十代の勝昭と芙実子に面倒な用意を全部してもらうのは申し訳ないし、和弘だけに負担をかけるのも悪い。食べさせてもらうからには働かなければと、以前から支度も片付けもやっていた。翔太のそんな考えを櫂原もわかってくれた。そして今日もこうしてふたりでやってきて、準備を手伝っている。

「おーい、兄ちゃんたちよ、とうきび何本食う？」

庭に出てきた勝昭が、家庭菜園に向かいながらのっそりと尋ねてきた。醤油《しょうゆ》だれをつけて炭火焼きで食べるもぎたてのトウモロコシは、最高に甘くて美味《おい》しい。

「えーと、じゃあ一本」

トウモロコシの魅力によろめきつつ、いやでも今日の主役はジンギスカンだしと考えて下した翔太の決断に、勝昭が呆《あき》れたような顔を見せた。

「なんだ、いい若いモンが。五本ぐらい食え」

「いやそれ無理だから」

慌てて首を振った翔太を見やり、勝昭がフンと鼻を鳴らしてトウモロコシをもぎ始めた。

「がっつり食え。だから翔太は昔からひょろひょろなんだぞ」

「そういうのは体質なんだよ。翔ちゃんはいくら食っても太んないの」

まったくもうと和弘が眉《まゆ》を寄せ、櫂原に問いかけた。

「欅原は？」

「え、じゃあ十本……」

戸惑《とまど》いを含んだ返事を聞いた瞬間、翔太と和弘が爆笑した。

「いいぞ、それでこそ若いモンだ」

「じいちゃん、欅原肉食えないじゃん！」

和弘が抗議すると、食える、と飄々《ひょうひょう》とした勝昭の声が風に乗って返ってきた。食えない、と和弘が再び言い返す。祖父と孫のそんなやり取りに、翔太と欅原は顔を見合わせて笑った。

勝昭がトウモロコシと一緒にもいだキュウリを洗いに一旦《いったん》家に戻った。ふと目を向けた欅原の額には、うっすら汗が浮かんでいた。慌てて翔太が声をかける。

「悪い、やらせっぱなしで。代わるわ」

「大丈夫です。慣れてますから」

頭にタオルを巻いた欅原が落ち着いた表情で答えた。確かに日頃工房でガラス作りをしている人間には、この程度の熱は可愛《かわい》いものなのかもしれない。

（それにしても――）

皿や箸を並べながら、翔太はぼんやりと欅原の姿に目を向けた。

隆々《りゅうりゅう》としているわけではないのに、しっかりと筋肉がついたきれいな体のライン。程よく日に焼けた肌ににじむ汗が色気を添えていた。

確かに女子たちが憧れるのもわかる。同性の自分から見ても、橿原の格好よさに異論はない。これほどの人間が自分を好きだと言っている——その不思議さに違和感とも優越感とも言えない不思議な感情が湧いた。

「しかし橿原、カッコいいよなあ。マジ惚《ほ》れちゃいそう」

腕を組み、しみじみと和弘が呟いた。まるで自分の心を読まれたような言葉にドキッとした。

「なに言ってんだよ」

相変わらず照れも笑いもせず、至極冷静に橿原が返す。

「いや、マジよ？　なあ、翔ちゃん」

当然悪気のない促しでも、どう答えていいかわからない。ああ、と曖昧《あいまい》に頷いた。ノリの悪い中途半端な反応に、和弘がきょとんとした顔になった。

（——やば）

意識しすぎてどうにもおかしくなってしまった。

「——火。やっぱ大変じゃん」

自分でもあまりのぎこちない話題の転換に呆《あき》れながら、その場の空気をごまかすように火ばさみを橿原の手から取った。いいですよ、と橿原が戸惑うように眉を寄せる。

「や、でも年下のやつに任せっぱなしなのも悪いし」

そう言い気ぜわしくコンロの中の炭を持ち上げた直後、いきなり風向きが変わって煙と灰が翔太に飛んできた。

「っ！」

思わずまともに吸い込み、咳《せ》き込《こ》んだのと同時に、扱《あつか》い慣れない火ばさみから炭が地面にぼとりと落ちた。

「翔ちゃん！」

和弘が慌て声を上げる。翔太は思わず息を呑《の》んだ。火のついた炭は翔太のスニーカーの爪先《つまさき》ぎりぎりにあった。

「大丈夫ですか」

硬い声で橿原が尋ねてきた。うん、と橿原を見る。どことなく青ざめた顔が、ほっとしたような吐息を吐き出した。

「やっぱり俺にやらせてください」

静かなくせに力強い声音で告げ、橿原は慣れた手つきで炭を拾い上げるとコンロに戻した。めずらしく有無を言わせぬ気配が橿原の全身から感じられた。

「翔ちゃん、ここは年関係なく慣れてるやつに頼もうぜ。もともと翔ちゃんあんまり炭火担当したことないんだし。いくら王子がいるからって、無理していいとこ見せようとしなくていいって」

からかいを励《はげ》ましにまぶし、立ちすくむ翔太の肩を和弘がポンポンとたたく。

「――こういう仕事、俺は平気ですから、本当に」

少ししてから向けられた榧原のまなざしは、いつものおだやかさを帯びていた。

「……ごめん、じゃあ頼む」

火織しは榧原に任せ、代わりに食材を台所から運んでくることにした。

（落ち着けよ――）

こっそりと深呼吸して自分を宥《なだ》めた。

やけに極《き》まりが悪いのは、己《おのれ》の不甲斐《ふがい》なさや情けなさに自己嫌悪を覚えているせいばかりじゃない。普段とは違う榧原の態度に、やけにどぎまぎしてしまったからだ。

いつになく厳《きび》しい空気は、きっと自分の身を案じたせい。自分のために榧原が普段とは違う姿を見せたことに胸がざわめく。

（……やられてるなおれも）

盛大なため息をつき、翔太はよろよろと台所へ向かった。


「んー、美味《うま》かった」

口直しにと出してもらった水蜜《すいみつ》を食べ終えた翔太の口から満足そのものの息がこぼれた。空《から》になった肉のボウルを見て、芙実子が気づかわしげに尋ねてくる。

「大丈夫？　足りたかい？」

「足りたよ、チョー満腹」

翔太がTシャツの上から腹をさすってみせたら、芙実子がようやく安心したように微笑んだ。

用意してくれていた肉も野菜もすべて平らげた。残っているのは結局勝昭がどっさりもいだトウモロコシ数本だ。

「でもごめん、おれらばっかり食っちゃって、ばあちゃんたち全然食えなかったんじゃない？」

翔太が詫《わ》びると、そんなことないよ、と芙実子が首を振った。

「大体ね、若い人にどんどん食べてもらえると張り合いがあるわ」

「そりゃ食っちゃうよ、美味いもん。なあ？」

隣に座る櫂原に水を向けると、はい、と頷きが戻る。

「肉がやわらかくてびっくりしました。味付けもすごく美味しかったし」

櫂原の言葉に、そうかい、と芙実子が一層頬を緩《ゆる》めた。芙実子特製のジンギスカンのたれは本当に美味しくて、昔からみんなに絶賛される。そのたび芙実子は喜ぶけれど、今日櫂原に褒められている顔が一番嬉しそうだ。

（……やっぱイケメンの威力《いりょく》すげーなー）

瞳をきらめかせている芙実子を見やり、しみじみ翔太は実感した。もっとも櫂原が好感を持たれているのは容姿のせいばかりじゃない。

「いいのいいの、そのままで。あとで和弘にやらせるから」

ビールの空き缶をまとめようとした櫂原を芙実子が止めた。

「いえ、当たり前のことですから」

気負いのない表情で首を振る櫂原に、本当にねえ、と芙実子がしみじみ息を吐く。

「好青年っていうのは櫂原くんみたいな子のことを言うんだろうねえ」

「ばあちゃん、オレと翔ちゃんの立場は」

和弘のぼやきは聞こえているのかどうか、芙実子はうっとりと櫂原を見ていた。

整ったルックスに加え、こんなさりげない気働きまで出来るところが「王子」と呼ばれてしまう所以《ゆえん》なのだろう。押しつけがましさのない空気が、年配の人たちに好感をもたれる要素のような気がした。

「櫂原くん、和装も似合いそうだな」

枝豆をつまんでいた勝昭が不意に呟いた。え、と櫂原がかすかに驚いたように勝昭を見る。

「きりっとして、若武者っぽい感じがあるだろう。見た感じもそうだけど、中身が」

ひとり納得したように勝昭が口にし、ああ、と和弘がポンと手を打った。

「わかる気する、それ。ストイックで職人気質《かたぎ》っての？」

そうだねえと芙実子が深々と頷き、翔太に視線を動かす。

「翔ちゃんもイケメンだけど、またちょっと雰囲気違うもんねえ」

「いやいや、おれなんか櫃原の足元にも及びませんから」

翔太がおどけて否定したら、そんなことないです、と真面目《まじめ》な低い声がした。ふっと翔太が櫃原に目を向けた。

「俺は取っつきにくいタイプだから、和弘くんや翔太さんみたいな、誰とでもすぐ仲良くなれる人たちは本当にすごいと思ってます。羨《うらや》ましいです」

「あらやだ、そんなこと」

孫を褒められて悪い気はしないのか、芙実子が否定しつつも嬉しげに頬を染めた。

「まあ誰でもみんないいところがあるってことだ。よし和弘、とうきび食え」

「えっ、入んねーよ！」

「おまえのいいとこは胃袋のでかさだろうが」

「それでも限界はある！」

勝昭と和弘のにぎやかな応酬《おうしゅう》の傍《かたわ》らで、芙実子がのんびり口を開いた。

「ねえ、櫃原くんは浴衣《ゆかた》着るのかい？」

「浴衣ですか？　なかなか機会がなくて、温泉に行ったときくらいしか」

突然の問いかけに戸惑ったのか、櫃原の実直な返答に翔太が思わず吹き出した。翔ちゃんてば失礼だよ、と芙実子が窘《たしな》めるように笑い、それから櫃原に顔を向けた。

「もしよかったら着てみない？　私、和裁が趣味なの。浴衣仕立てたら着てくれる？」

「いや、でも悪いですし」

「悪くないよ。作るのが楽しいんだから」

恐縮した面持《おもも》ちの樫原に、作ってもらえよ、とやり取りを耳に挟《はさ》んだらしい和弘が声をかける。

「樫原絶対似合うって。なあ翔ちゃん」

のどかに同意を求められ、うん、と翔太が頷いた。

「浴衣、おれも子供のときから仕立ててもらってるけどすごい着やすい。温泉の浴衣とは違うから」

翔太が答えたら樫原の表情から少し硬さが抜けた。じゃあ、と遠慮《えんりょ》深げな声が響く。

「ご迷惑をおかけしますが、お願いしていいでしょうか」

「そうこなくっちゃ！」

樫原が頭を下げると、和弘がぐっと拳《こぶし》を握った。なんでおまえがそこまで張り切ると訊《き》きたげな祖父母の前で、和弘が意気込んで口を開いた。

「今作れば潮《うしお》まつりに着ていけるじゃん。女子大注目間違いなし」

「そうか、さてはそのおこぼれに与《あずか》ろうって魂胆《こんたん》だな」

ビールを飲みながら、にやにや笑って勝昭が茶化す。そういうわけじゃねえけど、と言い返す和弘の顔は赤い。梨々花への失恋のショックからはすっかり立ち直って、今は部活とバイトの合間で新しい出会いを探しているものの、なかなかチャンスは転がっているわけではないようだ。


「なあ、翔ちゃんと橿原、マジでふたりで浴衣着て潮まつり行ってこいよ」

勝昭の耳に入らないようにか、片付けが始まってから和弘がささやきかけてきた。橿原は鉄板の汚れを落としていて聞こえないらしい。勝昭と芙実子は台所だ。

「カズは？　行かないのか」

「オレ今年は三日ともバイトなんですー」

和弘がうなだれて答え、思わず翔太が同情した。そんな事情が後押ししてか、和弘が力強く声にした。

「それで女の子に声かけられたら、ちゃんと連絡先とか交換しといて」

勝昭の読み通りの意図に、まったく、と翔太が苦笑いした。

「そうそう声なんかかけられないって」

「もー、だから前から言ってるじゃん。翔ちゃんは自覚ないだけで実はモテるんだって。しかも橿原と一緒なら絶対間違いないって」

翔太の鈍《にぶ》さを責めるように和弘が口を尖《とが》らせた。

「とにかくさ、頼むよ。女の子にナンパされたら断んないでよ」

「――それ無理だ」

テーブルについたしみを拭《ぬぐ》いつつ静かに翔太が断った。えっと和弘が目を見開く。

「なんで？　翔ちゃん彼女欲しくないの？」

「今そういう感じじゃない」

歯切れ悪く返事をした途端、和弘がにやけ顔になった。

「何それ何それ。もしかして誰か好きな子出来たとか」

「いいからほら、片付けるぞ」

「えっ何、めっちゃ気になるんですけど！」

和弘が興味津々《しんしん》で絡んでくるのを、なんにもないってとあしらった。

「橿原、なんか聞いてないの？」

なおも和弘は諦《あきら》めない。橿原に話を振る。聞こえていなかったのか、え、と橿原が面《おもて》を上げた。いいから、と翔太は台拭《だいふ》きを持ち上げた。

「おれ洗い物手伝ってるから」

「ズルイ、逃げた！」

キャンキャン吠《ほ》える和弘を無視して玄関に向かった。ドアを開け、深く息を吐き出す。

（……聞かれてるよな）

あの展開で和弘が橿原に経緯を話さないわけがない。

なんであんなふうに言ってしまったんだろう――曖昧《あいまい》に流しておけばよかったのに。

ただ自分でもよくわからないけれど、嘘をつけなかった。橿原の耳に入るかどうかはともかく、気持ちと違うことは言えなかった。

（なんだかな――）

わかるような、わからないような。わかっているのにわからないふりをしているような――。

もう一度深呼吸をした。くすぐったいような、ざわめくような。不思議な感情を抑えつけ、台所へと向かった。


夜の気配を含んだ向かい風がさわさわと全身を撫《な》でる。

日曜のせいか、住宅地を歩く人の数はまばらだ。アパートに続く坂道を上りながら目を細め、翔太はゆるく伸びをした。

「あー、夏満喫《まんきつ》って感じだな」

「やっぱり暑い時期のジンギスカンはいいですよね」

のんびりと橿原が答え、息を吐いた。

「もう夏休み気分。明日大学休みてー、レポートも面倒くせー」

笑ってぼやいた翔太の手、それと頑張ってくださいと励《はげ》ましてくれた橿原の手で、ビニール袋がかさかさと音を立てた。

和弘の家で片付けを済ませてから橿原の採寸をして、それからアイスをよばれて帰ってきた。数日食べなくても平気なんじゃないかと思うくらいご馳走《ちそう》になった上、晩ご飯用にと用意してくれていた混ぜご飯のおにぎりと漬物《つけもの》、そして茹《ゆ》でトウモロコシのお土産つきだ。トウモロコシの頭がビニール袋からちょこんと覗いている。

「本当にこんなにしてもらって――、申し訳ないです」

ちょうど自分の胸の中を声にされた。そうだな、と翔太が微笑んだ。

「まだ先だけど、冬になったら雪かきしてくるわ。カズは結構忙しいから、あんまり出来ないだろうし」

「俺もします」

「いや、橿原だって忙しいだろ。おれが一番暇《ひま》なんだから」

「そんなことないです。浴衣のお礼もしたいし」

力を込めて橿原が言う。その瞬間、もしかしたら勝昭夫婦への純粋《じゅんすい》な感謝のほかに、自分と一緒にいたい気持ちもあるんじゃないかとふと感じた。思い上がりかもしれないけれど、好きな相手のそばにいたいという感情は誰にだってあると思う。

「……じゃあ一緒に」

ぽそりと翔太が答えると、櫺原が嬉しそうに微笑んだ。

太陽が沈《しず》む寸前、最後の力を振り絞《しぼ》って作られたような弱い影が足元から伸びる。自分よりも長い影が隣に並ぶようになって一年以上になる。もっと前から一緒にいるような気がするのは、それだけ櫺原の存在に慣れてしまったということなのだろう。

他愛《たわい》のない話をしているうちにアパートに着いた。

「さーて、レポート仕上げるか」

この満腹状態ではとてもやる気になれないものの、昨夜のうちに終わらせておこうと思っていた明日提出の課題がまだ終わっていない。

「櫺原は？　工房行くのか」

「いえ、ビール飲んだので」

「あ、そうか。危ないもんな」

はい、と頷く声は確かにほろ酔《よ》い気味だ。顔には酔いが出ないタイプだし、おそらく強いほうだと思うけれど、勧められてそれなりに飲んでいたはずだ。

階段を上りながら鍵《かぎ》を取り出して、部屋の前に立つ。

「じゃあちょっと早いけどお休み」

微笑んで軽く手を振った翔太を、櫺原は何も言わずにみつめていた。突然のことに翔太が戸惑う。少しの間をおいて、さっき、と櫺原が切り出した。

「嬉しかったです」

何が、と尋ねかけて気がついた。同時に櫃原が口を開く。

「女の子に声かけられても断るって」

翔太の予想通りのことを言った櫃原の瞳が、いつもとは違う艶《つや》を帯びていた。なぜだかやけに心臓が甘くざわめいた。

「……や、別におれは」

自分でも何を言いたいのかわからない。ただ意味のない言葉を口にする。

「……嬉しかった、本当に」

噛み締めるようにもう一度声にした櫃原を、困惑しつつじっとみつめた。

「――勘違いかもしれないけど、女の子の誘いを断るって、俺にもちょっとは望みがあるってことなのかなって」

「え?」

「だって俺のこと嫌なら、女の子を拒まないでしょう。俺を諦めさせるのにちょうどいいだろうし」

櫃原のまなざしがどことなく熱っぽく感じられるのはアルコールのせいだろうか。それとも違う理由だろうか――。

「……否定してくれなかったら、俺、勘違いしたままですけどいいですか」

ちょっと笑みを含んだ声で櫃原が訊く。

いいとも悪いとも、何も答えられずに翔太は顔を伏せた。どんな反応をするべきか、まるで考えがまとまらない。ただ自分の頬が赤くなっているに違いないことだけはわかる。こんな曖昧な態度が一番悪いんだと己を責めながら頭の中が空回りするだけで、どうしたらいいのかわからなかった。

「――翔太さん」

確かめるように櫃原が呼びかけてくる。翔太さん、ともう一度呼ばれておずおずと顔を上げた。櫃原のぶれない双眸《そうぼう》がまっすぐに自分を貫く。目を逸《そ》らすことが出来ず、そのまま整った面持ちをみつめ返した。

「……ついでにもうひとつ調子に乗らせてください」

ぼそりとささやきが聞こえた直後だった。櫃原の顔がすっと近づいてきた。翔太の唇に一瞬の熱を与えて、櫃原の唇はすぐに離れた。けれど視線と視線は絡み合ったままだ。

「……え？」

櫃原をみつめたまま、間の抜けた声を漏らした。キスされた、それはわかる。でもあまりに不意打ちすぎて頭の中が真っ白になった。

「――あ」

翔太のそんな反応で櫃原もすうっと我に返ったらしい。櫃原の頬が瞬《またた》く間に赤く染まった。

「——すみません！」

樫原ががばっと頭を下げた。一気に酔いが引いたようにみえた。

「すみません、本当にすみません！」

詫びる樫原はあからさまにうろたえていた。すべてが突然すぎて、いや、と答えるだけで精一杯だった。もう一度すみませんと謝ってから、樫原は逃げるように自分の部屋に入っていった。

翔太も玄関の鍵を回す。開けておいたのは洗面所の小窓だけだったから、当然部屋の中は熱がこもっていた。からからと窓を開け、いくらか冷えた空気を室内に呼び込む。

明かりも点《つ》けず、ぼんやりと窓辺に佇《たたず》んだ。いつの間にか夜に変わった町並みをぼんやりと眺めた。

まだ唇に残る余韻《よいん》。心臓はとくとく跳ねている。

（びっくりした……）

樫原とのキスは二度目。どちらも不意打ちだ。

酔っていたとはいえ、真面目な樫原がこんなことをするなんて——いや、酔っていたからこそ、日頃抑えているものがあふれてしまったのかもしれない。普段は何でもないような顔をしていても、本当は相当に我慢してくれているんじゃないだろうか。

（——マジでそろそろどうにかしなきゃな）

こつんと頭を壁にぶつけた。隣は静かだった。

半月後、潮まつりのときは逃げ切れない。櫺原の思いにきちんと答えなければ。

……多分恋はしている。それはもう否定できない。

たとえば昨日《きのう》、駅で転びかけて櫺原に支えられたとき。今日、炭を熾していたとき。櫺原に告白されてから、日常のふとしたときに櫺原を意識したり、心臓が跳ねたりする場面が増えた。それはきっと恋のなせる業《わざ》だ。

とりあえず恋していることは認められて、それを櫺原に伝えることにも多分抵抗はない。

なのに足踏みしているのはどうしてなのか──。

同性同士で、いろいろな意味でどう付き合っていったらいいのかわからないから。だから覚悟が決まらない。櫺原と進む道がどんなふうかわからない。こうしたらいいと櫺原に教えてやれない。

(……あれ)

瞬間、ふっと何かが心をよぎった。

(翔太さんはすごいですね)

昨日櫺原に言われた言葉が耳に流れ、その直後、不意にすとんと納得した。

「そうか──」

自分の心が突然理解できた。とてつもなく単純な、簡単なこと──ささやかな矜持《きょうじ》のせいだ。

樫原は自分を実際よりもずっと高く評価してくれている。きっと恋心がかける魔法にすぎないのだけれど、告白されたときにそれを知って、戸惑いやこそばゆさと同時に嬉しさも感じたことは事実だった。

だからそれを裏切らないよう、樫原の中での自分の姿を崩さないようにと、あの告白以来気をつけていた気がする。ただでさえこちらが年上、しかも樫原はガラス作りの才能は突出していても、他人との関わりが不得手だから、そこを含めてすべて自分がちゃんとフォローしようと、変に肩に力が入りすぎていたかもしれない。

恋人として付き合うということに対しても多分同じ。あらゆる面で自分がイニシアティブを取らなければいけないと思っているんじゃないか――？

多分一番気になっていて、一番難関なのはセックス。男同士の、それも受け身の側の行為には正直怖さを感じている。でも怖いとは言えないし、怖がっていると感じさせたくない。おまけに手順や流れ的なものを自分がしっかりわかって、その上でちゃんと誘導しなければと無意識のうちに考えてしまっているように思えた。

（そりゃ進めないはずだよ――）

乾いた息がほろりとこぼれた。

みっともないところを樫原に見せたくないなんて、以前の自分では考えられなかった。なのに今、情けない姿を見られたくない。戸惑う姿を見せたくない。

だけどもう充分晒してしまっている気もする。今さら取り繕ったところで遅いといえば遅い。それでも自分に好意を抱《いだ》いてくれている——そして自分も恋している相手にいいところを見せたい気持ちは人並みに持っている。

(……なんか子供)

自分で自分が情けないし、意気地《いくじ》がないと思う。続けざまにため息がもれた。

難しいことなんて何もないはずなのに。壁一枚隔《へだ》てた隣の部屋に行って、好きだとひとこと言えばそれでいいはずなのに。そんな簡単なことが、いろいろな惑いや恐れやプライドのせいで、変に複雑で難しいことになってしまっている。

それがわかっていてどうにも出来ない。ほかのことなら大抵さほど悩まずさっさと物事を決めたり進めたりするのに、榲原とのことだけはそれが出来ない。

恋はこんなに面倒なものなのか——恋愛経験の乏《とぼ》しい翔太にはわからないことばかりだ。いつまでも立ち止まってはいられないと思いはしても、前に進む勇気がない。

ふっと空を見上げた。いつの間にか外はすっかり夜の世界が広がっている。白い月が淡く輝いていた。

隣の部屋から、榲原もこの空を見ているだろうか。

ぼんやり思いつつ、翔太は唇にそっと手を当てた。——まだ熱い。

港を走る風が潮《しお》の匂《にお》いを運んでくる。

楽しげに人々が行き交う中を、両手に味噌《みそ》ホルモンと焼きイカを持って翔太《しょうた》が進む。

夏休みに入ったばかりの今日は、潮《うしお》まつり中日の二日目――会場の埠頭《ふとう》には特設ステージが用意され、たくさんの屋台が並び、祭りを楽しもうと老若男女問わず大勢の人が集まっていて、鼻も耳も目もすべてが刺激される。今にも降り出しそうな灰色の雲が朝から垂れ込めているのが気がかりだけれど、会場は祭り特有の活気にあふれ、年に一度のこの夏祭りを皆思い思いに楽しんでいるのが感じられた。

翔太も樫原《かしはら》と昼過ぎから祭り見物をしていた。潮ねりこみと呼ばれる踊りを見たり、あちこちで互いの同級生たちと出くわしたり。小樽《おたる》生まれの樫原にとってはいつもの慣れた祭りだろうが、今年初めて本格的に参加する翔太にはすべてが新鮮で、ろくに休みもせず、心が引かれるままあちらこちらを見て回った。

それでもさすがに夕方になると歩き回った疲れがじわじわ出て、用意されているベンチで一休みすることにした。樫原に場所を取ってもらって、翔太が買いに行くことにしたのは、樫原を付き合わせてしまった申し訳なさからだ。

あの突然のキスから二週間。翌日の朝、翔太がバイトに行く前に樫原がやってきて、すみませんでしたと頭を下げた。

（昨夜は酔《よ》ってました。忘れてください）

そう言って詫《わ》びた橿原に、正直ほっとした。ああ、とそらぞらしいほど明るく頷いて、それで話をまとめた。

とにかく変に意識せず、普通にしていようと決めた——橿原が何かアクションを起こしてくるまでは。とはいえ明日が花火——改めて何か言われるとしたらそのときかもしれないと思うと、鼓動がやけに大きくなる。

結局どう進んでいいのかは依然《いぜん》としてわからないままだ。そのときそのときに心を突き動かす衝動に任せようと、ある意味なかば開き直ってもいた——というより、そうする以外にわからなかった。

己の勇気のなさにずっしりと自己嫌悪に陥《おちい》りつつ、とりあえずいつも通りにしていようと決めた。

祭りを楽しんでいたのも、もちろん純粋《じゅんすい》に楽しかったのもあるけれど、わざとにぎやかにして、ふたりの間に恋愛的な空気を持ち込まないようにしたかったからだ。

（後ろ向きすぎだよな……）

ぐだぐだな自分に、しっかりしろと活を入れて橿原の元へ戻る。人波からふと見えた橿原は、見知らぬ女性ふたりに話しかけられていた。相変わらず橿原は無表情だ——実際は困惑しているに違いないが。

（またナンパか――）

思わず苦笑いがこぼれた。ただでさえ人目を引く男が粋《いき》な浴衣《ゆかた》を着たものだから、何人に声をかけられたかわからない。確かに樫原の長身に、濃紺の浴衣はとても映《は》えていた。

「翔太さん」

こちらに気づいた樫原がほっとしたように声を漏らす。同時に樫原に近づいていた女性たちが、樫原の視線につられたように翔太に目を向け、にこやかに笑いかけてきた。

「あの、よかったら一緒にどうですか？」

期待がありありと感じられるまなざしで誘う彼女たちに、すみません、と翔太は重くならないように返事をした。

「このあと合流する子たちがいて」

断りを信じたのかどうかはわからないものの、そうですか、とふたりは残念そうに立ち去っていった。その背中が見えなくなって、樫原がふうっと息を吐いた。

「すみません、ありがとうございます」

安堵《あんど》と申し訳なさを混ぜ合わせたような面持《おもも》ちで呟いた樫原に、いいって、と翔太が隣に腰を下ろして笑った。食おうぜ、とまだ温かい食べ物を並べる。

「それにしても声かけられるの今日何回目だよ。さすが樫原、注目集めまくりだな」

翔太がからかうと、味噌ホルモンを口にした樫原が真剣な顔つきで首を振る。

「そんなことありません。翔太さんのほうがずっと人目を引いてますよ。ふたりで歩いてたら必ず翔太さんが声かけられるじゃないですか」

「それは樫原狙《ねら》い。おれは単なるおまけ」

「違います。翔太さんが魅力的だからです」

訴える樫原は真顔で、翔太の頬が熱くなる。なおも続けようとする樫原を、いいからととどめ、翔太は香ばしいイカを齧《かじ》った。

「――本当に翔太さん、浴衣似合いますね」

翔太を横目で見やり、樫原がおだやかに褒《ほ》めた。翔太が苦く笑って首を振る。

「全然だよ。子供のころなんか金太郎って言われてたんだから」

「それだけ凛々《りり》しかったってことだと思います」

人がいいせいなのか、それとも恋のフィルターのせいか、樫原がきらきら輝く瞳で力説する。

そんな樫原があまりに純粋《じゅんすい》で眩《まぶ》しくて、翔太は思わずうつむいてビールを飲んだ。

真正面から逸《そ》らすことなくぶつけられるのは、思いばかりじゃなく、まなざしも言葉もだ。すべてが直球で、力に満ちている。受け止める度量のない自分は、正直どうしていいのかわからない。

「……あれだ、樫原はおれと違って若武者とか侍《さむらい》とか、そういう感じだよな」

褒め合い合戦かと自分でも呆《あき》れつつ、その場の空気をごまかすように、けれど率直な感想を口にした。褒めすぎです、ときっぱり櫂原が言い切った。

そうは言っても、仕立て上がった浴衣に袖《そで》を通した櫂原の姿を芙実子《ふみこ》たちも絶賛していた。凛々しい雰囲気の櫂原に、想像以上に浴衣は似合い、思わず翔太も見とれてしまったほどだ。だから当然女性たちの注目を集めるだろうと思ってはいたものの、現実は予想以上だった。浴衣姿の男は祭りだけあって少なくはない。なのにその中でも櫂原は本当に目立つ。直接声はかけなくても、視線を向けてくる数は相当だ。

それほどに目立つ人間が自分を好きだと言っている――その事実がどうにもこそばゆいし、同時に不思議な気持ちにもなった。これだけの人間がいて、その中でなぜ櫂原は自分がいいと思うのか。多分訊《き》けば、とてつもなく恥ずかしい言葉で答えてくれるのだろうが。

（……ムリムリムリ）

心の中でばしばし手を振る。そこまで羞恥心《しゅうちしん》を鍛《きた》えてはいない。がぶりと焼きイカにもう一度齧りついていたら、あの、と櫂原が切り出してきた。

「今さらですけど良かったんですか」

「何が？」

イカを飲み込んで問い返す。

「祭り、俺とで――」

聞いた瞬間、思わず吹き出した。

「思いっきり今さらだなそれ」

肩を震わせ翔太が笑う。欅原は戸惑うようにこちらを見やり、続けた。

「いえ、二日とも一緒にいられるとは思ってなかったので……」

ぽそぽそとした答えを聞いて、あれ、と翔太の頭に疑問符がふっと浮かび、ぐるりと記憶を辿《たど》りだす。――誘われたのは三日目の花火だ。欅原から今日は何も言われていなかった。

「あ――」

思わず口を開け、欅原を見た。

「ごめん、今日ホントは何か用事あった？」

バイトが入っていた初日以外、残りの二日間は欅原と見るものと自分の中で決めてしまっていた。実は欅原にはすでに予定があったのかもしれない。慌てる翔太に、いいえ、と欅原は首を振った。

「俺は嬉しいんですけど。ただ翔太さんがそれで良かったのかなって――ほかの友達とか、誘われてたんじゃないですか？」

確かに友里恵《ゆりえ》やクラスメイトたちに、みんなで回らないかと声をかけられてはいた。けれど断ったのは、欅原がこの祭りを特別なものとしているのがわかっていたから、そして翔太自身も欅原とふたりでいたかったからだ。

（……なーんてな）

ひっそりとため息をついた。そんな胸の内を正直に話せるなら悩みはしない。自嘲《じちょう》しながら、いや、とただやんわり笑んで否定したときだった。ぽつ、と翔太の頰に細かな雨が一粒《ひとつぶ》落ちてきた。

「――降ってきた？」

ふっと空を見上げる。ずっと広がったままの雲が、さっきより重く感じられた。

「天気予報、雨だったたし。当たっちゃいましたね」

橿原が冷静に呟く。辺りの人々も、雨、と口ぐちに言い始めた。日も暮れてきたせいか、心なしか風も冷たく感じられる。

「どうします、帰りますか？」

やわらかに尋ねてきた橿原に、うーん、と翔太が考える。

「降水確率、何パーセントだったたっけ？」

「五十とか六十とか――、それなりに高めでしたけど」

「じゃあ本降りになる前に引き上げるか」

明日もあるし――ついふらりと口にしかけ、慌てて直前で止めた。

時刻のせいか、天気のせいか、会場を後にする姿が目立つ。駅前に着くとちょうどバスが出るところで、乗って帰ることにした。

「傘《かさ》持ってくれれば良かったですね」

「や、でも歩いてるとき邪魔だし。これくらい大丈夫だろ」

呑気《のんき》にそんな話をしていたら、雨脚《あまあし》が強まってきた。橿原と顔を見合わせて苦笑する。

「こういう予報は外れていいのに、当たるんだよなぁ」

翔太がぼやくと、そういうもんですよね、と橿原が落ち着いた調子で同意した。

「小学校の運動会、一年から三年まで連続雨でした」

「げ、マジ？　それすごいな」

「でも前日は割と天気が良くて。予報は雨でも晴れるんじゃないかっていうから支度《したく》して、だけどやっぱり雨っていう」

「うわ、弁当大変」

「そうなんですよ。連絡網回ってくるときには弁当はもう出来てて。うち、どういうわけか運動会の時は太巻きってずっと決まってるんです。だから次の週の振り替えの本番と合わせて、二週連続太巻き食べてました。それもかなりの量」

「なんだよ、太巻き天国？」

「嫌いじゃないんですけどね。さすがに二週続くと家族みんなが飽《あ》きました」

そんな話に笑っているうちにバス停に着いた。すっかり本降りになった中、慣れない下駄で走る。バスから降りて一分も経《た》たないうちに、全身ずぶ濡れになってしまった。

「浴衣、せっかく仕立ててもらったのに」

申し訳なさそうに橿原が眉《まゆ》を寄せた。ホントだな、と翔太も雨を吸い取り、肌にぺったりと張り付いた自分の浴衣を見て苦笑した。しかも走っているせいで、あちこちはだけてひどい格好になっている。

翔太たちがアパートに着いたのと同時に雷が鳴り響き、雨は完全などしゃ降りになっていた。

「すげえ雨だな、会場どうなってんだろ」

階段を上りながら翔太が呟く。たくさんの屋台や大勢の人々でにぎわっていた埠頭も、さすがに閑散《かんさん》としているのだろうか。

「しばらく様子を見て、止《や》みそうになかったら中止になるかもしれませんね」

ぽそりと橿原が答えた。

中止――その言葉が心のセンサーに反応した。

もしこの天気が続いたら、明日の花火も中止になるのかもしれない。となれば橿原の告白もとりあえず延期だ。そう思った途端、体から力がふっと抜けた。それが安堵《あんど》と、なぜか落胆《らくたん》めいた感覚だと気づかされる。

（……ほっとするっていうのはともかく、がっかりってなんだよ）

自分で自分の気持ちに戸惑いつつ、だからそもそも告白されるかどうかもわからないのだと自分に言い聞かせた。気持ちを入れ替えるように、心の中でバチンと両頬を叩いて橿原に向き直った。

「晩飯は？　この天気だし、食いに行くのも面倒だよな」

翔太が訊くと、そうですね、と櫑原がゆるく頷いた。

「じゃあなんか作るわ。ありあわせで簡単なものだけどいいか？」

「いや、でも疲れてませんか」

気遣う櫑原に、平気だと翔太が首を振った。

「とりあえず着替えてこいよ。──あ、そうだ、その前に西瓜《すいか》。後からだとまた忘れちゃうから」

玄関のドアを開けて声をかけた。

昨日バイト先で西瓜を一玉貰《もら》った。櫑原の分を切り分けて、冷蔵庫に冷やしてある。祭りに行く前に渡そうと思っていたのに忘れてしまっていた。

「なんだよ、上がれよ」

中に入らず佇《たたず》む櫑原に洗面所から呼びかけると、いえ、と櫑原が首を振った。

「足も濡れてますから」

「大丈夫、おれだってべちゃべちゃだって。あ、飯の前にはちゃんと床拭《ふ》いとくからな。とりあえず体拭け」

まさに「水も滴《したた》るいい男」をリアルに演じている櫑原に、二枚取ったタオルの一枚を渡し、翔太も濡れた顔や髪を拭いた。

「うわ、ますます強くなってんじゃね？」

息を吐き、襟元《えりもと》をくつろげて拭きつつぼやく。雨粒《あまつぶ》が屋根や窓を叩く音が激しい。

「ほら、櫂原も早く拭かなきゃ風邪《かぜ》引くぞ」

翔太が促《うなが》すと、わずかに躊躇《ちゅうちょ》を見せてから、すみません、と櫂原が髪や浴衣の雨を拭《ぬぐ》った。

それから申し訳なさげに部屋に上がる。

「とりあえず半分に切っといたけど、四分の一にしたほうがいいか？　このサイズで冷蔵庫入る？」

取り出した西瓜を櫂原に見せると、大丈夫です、と頷きが戻る。

「それよりすみません、ごちそうさまです」

「いや、おれも食いきれないし、冷蔵庫も入んないし、助かる。じゃあこれ」

そう言って渡そうとした西瓜が、つるっと手から滑《すべ》り落《お》ちそうになった。

「わっ」

思わず声が上がった直後、櫂原が西瓜をキャッチした。ふたりで西瓜を抱きかかえるような格好になる。

「――あー、危ね……」

危うく室内で西瓜割りをするところだった。ほっとすると同時に、また今日も櫂原に助けてもらった恥ずかしさを覚えながら、西瓜をテーブルの上に置く。

「悪い悪い、ありがとな」

照れくささを隠すように笑って顔を上げた。その途端、橿原と目が合った。ガラスのように澄んだまなざしは、逸らされることなく自分をみつめていた。

いつもの橿原の瞳の色と強さが違う。翔太の全身にぞくっと震えが走ったときだった。

橿原に不意に抱き締められていた。え、と思った瞬間、唇に唇が重ねられた。そっとではなく、強く。

「――ッ！」

思いがけない出来事に思考が動きを止める。逃れようとしても、翔太の体は橿原にがっしりと押さえつけられていた。キスも、体を拘束《こうそく》する力も、何もかもが強い。

翔太の全身を言いしれない恐怖が駆け巡《めぐ》る――これからなされるかもしれない行為への怖さ、そして橿原が自分の知る人間ではないような戸惑い。

どうしていきなりこんなことになっているんだろう――訳がわからなくて、けれど訊《き》いたところで橿原は答えてくれない気がした。多分自分自身でもコントロールできない衝動《しょうどう》のようなものが橿原を突き動かしているんじゃないか――。

荒々しく入り込んできた舌が、がむしゃらに口腔内《こうこうない》を蹂躙《じゅうりん》する。必死さが伝わっては来るけれど、今それに応《こた》えられるだけの余裕がなかった。

「……橿原、やめろ」

どうにか唇を離し、訴《うった》える。耳に入らないのか、橿原は抱き締める力をなおも緩《ゆる》めようとはしない。それどころか唇が翔太の喉をきつく吸い、手が浴衣の胸元に滑り込んできた。

「——橿原！」

力を込めて叫んだ。その直後、橿原の動きがふっと止まった。翔太を見下ろす橿原の表情が、どこか呆然《ぼうぜん》としたものから、狼狽《ろうばい》しているような色に変わっていく。

「……橿原？」

翔太がそろりと声をかける。自分に向けられている橿原の瞳がびくっと揺らいだ。そしてバッと翔太から離れた。

「すみません——！」

青ざめた顔で頭を下げた。

「すみません、……すみません！」

詫《わ》びる声はかすかに震えていた。面《おもて》を上げようとしない橿原に何を言えばいいのか、混乱が続いている翔太もまだわからなかった。

「……橿原」

だからただ名前だけを呼んだ。広い肩がかすかに揺れる。

それきりふたりの間の空気が動かない。多分自分から何か言わない限り、橿原は動きようがないとわかっていても、どうしていいのか思いつかない。ただじっと、ひそめるように身を硬くしていることしか出来なかった。

まるで嘲笑《あざわら》っているような、強い雨音が耳に響く。

沈黙を櫨原が破ったのは、数分経ってからだった。かすかに震えた静かな声。

「本当に――、謝って済むことじゃないのはわかってます。――でも、でもすみませんでした」

「……いや」

情けないことにそう返すのが精いっぱいだった。落ち込んでいる櫨原に話しかけたくても、何を言えばいいのかまるで浮かんでこない。

「――翔太さんが怒るのは当然です」

自らを責めるような低い声が櫨原の口からこぼれた。

「怒ってない」

誤解されたくなくて即座に否定したものの、強い調子になってしまった。それを怒っている証拠だと勘違いさせてしまったのか、すみません、と櫨原が苦しげな面持ちでもう一度詫びた。

本当に怒ってはいない。でも強く言えば言うだけ、今の状況では悪循環《あくじゅんかん》に陥《おちい》ってしまいそうな気がした。もう少しお互い落ち着いてからのほうがいいかと、翔太は一旦《いったん》口を閉ざした。

「……傷つけたいわけじゃない。なに都合のいいこと言ってるって思われるだろうけど、それだけは信じてください」

櫨原が翔太をみつめ、切々と訴えた。もちろんそれはわかっている。こくりと頷くと、いくらか安堵したのか、眉間《みけん》に刻まれた皺《しわ》が少し浅くなった。

「自分を抑えられなくなって、暴走しました。……いろんな欲を抑えつけられなくなった。最初は一緒にいられるだけで良かった。それが否定されずに気持ちを聞いてもらえて嬉しくて、もっと翔太さんのことが好きになりました。翔太さんが俺のこと、恋愛対象になるかどうか考えてくれるって聞いたとき、本当に舞い上がりました。でも翔太さんから答えをもらうまでは、これ以上何も言わない、まして絶対に何かしちゃいけないって――、それなのに」

ぽつぽつと語られた言葉は、自分自身を責めるような響きを帯びていた。

いろんな欲――それがどんなものなのか、聞かなくても翔太にもわかった。同時に自分が樫原にとって情欲を刺激する対象なのだと、ようやくはっきり感じさせられた。今まで頭では理解できても、どうしても今ひとつ実感が湧かなかったことが、やっと現実として受け止められた。

そして自分自身がわからなくなる。あれだけ考えあぐねて迷っていた事態に、ついにぶつかった。そのときの自分の心に従おうと思っていたのに、いざとなった今、どうしていいかわからないままだ。

「……しばらく頭を冷やします」

樫原が硬い声をこぼした。ふっと翔太が視線を動かす。樫原はどこか思いつめた表情を浮かべていた。

「このままそばにいたら、また同じことを繰り返すかもしれないから。もう少し落ち着くまで離れてます」

「え、離れるって——」

思わずうろたえた翔太に、榎原は無駄な責任を感じさせないようにとしてか、無理に作ったらしい、ちょっとぎこちない笑みを投げかけてきた。

「しばらく家に戻ってます」

「別にそんなことしなくても」

咄嗟《とっさ》に翔太が引きとめた。榎原がかすかに目を細める。

「——本当に優しいですね、翔太さんは」

そういうんじゃなくて、と歯切れ悪く呟く。そんな翔太に目を向け、榎原はすっと立ち上がった。本当にすみませんでしたと最後にまた謝ってドアを開けようとしたとき、あ、と翔太が声を漏らした。榎原が振り返る。

「……西瓜、忘れてる」

今この状況で口にするにはあまりにも間が抜けている言葉に、榎原はわずかに眉《まゆ》を寄せて笑んだ。

テーブルに置かれた西瓜を翔太が手渡した。ありがとうございます、と榎原は丁寧《ていねい》に受け取った。かすかに指先が触れる。けれど今は何も恐怖を感じなかった。

「おやすみなさい」

おやすみ、と翔太が返すと、橿原が軽く会釈《えしゃく》した。

静かにドアが開き、閉まる。続いて隣のドアから同じ音がした。翔太の体からふうっと力が抜けた。

ひとりになった部屋の中、ぼんやりと立ち尽くす。

――しばらく、というのはどれくらいの間なんだろう。数日なのか数週間なのか数ヵ月か。もちろん縁を絶たれたり、つながりを切られたりしたわけじゃないだろうから、その間でも自分が望めば多分会えるだろうし、夏休みが終われば大学でも顔を合わせる機会はあるはずだ。

大丈夫、と自分を励《はげ》ましていることに気づいて、どれだけ自分の中で橿原の存在が大きいのか思い知らされる。今の西瓜のことだってそうだ。つい咄嗟《とっさ》に呼び留めてしまって、それをごまかすために口にした。自宅に戻ることに難色を示したのも、橿原のためではなく、多分自分のため。

それだけ橿原が特別になっているのなら、好きだと言ってしまえばいいのに。

だけどそうしたら、その先に進むことになる――さっきの、初めて見るような橿原を見ることになる。ぞくりと背中が震えた。

橿原が怖いと、自分だって男なのに感じてしまった。いきなり誰かに自由を奪われることはあれほど平常心を奪われてしまうものなのだと、生まれて初めて知った気がする。

この怖さを乗り越えられないと樫原とは付き合えない——好きだと言えない。でもいつになったら言える——?

どうやってこの気持ちを乗り越えていけばいいんだろう。大袈裟《おおげさ》に考えすぎているのかもしれないけれど、ただでさえ恋愛に奥手で、まして普通であれば異性と経験するだろうことを同性としてしまう戸惑いは拭いきれない。

ふと洗面所の明かりがついたままになっていたことに気づく。スイッチを押そうとして、鏡に映《うつ》る自分の姿が目に入った。

乱れた浴衣、濡れた髪。こんな情けない姿でも樫原は欲情したのかと思うと、おかしさと同時に泣きたいほどの甘いせつなさを感じた。


「脩斗《しゅうと》ー、風呂空《あ》いたぞ」

コン、と形ばかりのノックをひとつしてドアを開けると、勉強中だとばかり思っていた弟は、参考書ではなくスマートフォンに向き合っていた。

「おい、いいのか受験生」

タオルで髪を拭《ふ》きながら、からかって翔太《しょうた》が声をかける。シーッ、と脩斗が渋面で人差し指を立てた。

「今いいとこなんだから邪魔しないで。……ッと、うりゃ！」

ゲームに夢中な弟を苦笑いし、翔太はやわらかな夜風が入り込んでくる部屋の中を見渡した。

脩斗の部屋は、今はすっかり以前の名残《なごり》がない。畳《たたみ》がフローリングになり、布団がベッドに代わった。好きだったアイドルグループのポスターは剥がされ、大事に飾られていたプラモデルもなくなった。初めて見る他人の部屋のような気すらしてしまう。

脩斗の背中も、昔よりずっと広く、大きくなった。一昨年《おととし》の春、翔太が長男の顕吾《けんご》に続いて家を出たとき、寂しそうにぐずついていた小さな姿が嘘のようだ。

五ヵ月ぶりに家に帰ってきたのは一昨日《おととい》の夕方。片道五時間近くかかる移動は楽ではないが、お盆に家族そろって墓参りをするのは昔からの習慣だ。明日には顕吾も勤務先の室蘭《むろらん》から帰ってくる。

橿原《かしはら》には帰る前日、明日からお盆明けまで実家に戻っていると一応メールをしておいた。気を付けて、と短い返事が少ししてから届いた。

あの祭りの日から半月、橿原とは一度も会っていない。連絡を取ったのもその一度きりだ。隣から物音は何も響いてこないし、宣言通り自宅へ戻ったらしかった。雨がひどくて、最終日の花火はやはり中止になった。

翔太の心はあのときから動きを止めてしまっている。橿原のことを思うと胸がきりきりしてつらくて、なるべく意識の外に追いやっていた。

ただ距離を置くと言われただけ。もう会わないと言われたわけじゃない。そう自分に言い聞かせても、訳のわからない不安が渦巻《うずま》いてどうしようもなかった。

いつになったら戻ってくるのか、訊《き》いてみたくても訊けない――勇気がない。そんな自分に苛立《いらだ》ちと情けなさだけが募《つの》った。

(――ダメだダメだ)

気を抜くとずんずん落ち込んでしまう。悪い方向に引きずられてしまいかねない。

視線を脩斗に向けて、ことさら明るく声をかけた。

「勉強進んでんのか？　夏が勝負って言うだろ」

「やってますよ。ゲームは息抜きー」

どこまで信じていいのかわからない返事をして、それでもまもなくスマホを机に置いた。

「あー、肩凝《こ》った」

背中を伸ばし、バキバキと音を立てて肩を回す弟に、ゲームで肩こりかよと呆《あき》れ声《ごえ》をかけつつ、翔太は肩を揉《も》んでやった。

「うわ、気持ちいー。さすが翔兄、優しいよなあ」

「おだてたって小遣《こづか》いは出ないぞ」

「翔兄にそんな期待してないよ。もらうなら顕兄からもらうって」

ちゃっかりでしっかりな末っ子がカラッと笑い、翔太も苦笑した。しばらくしてから、そう言えばさ、と脩斗がいくらか声をひそめて口にした。

「――顕兄、今彼女と住んでるのかも」

「えっ！」

思わず声が上がってしまった。顕吾は二十四歳、年齢的に考えれば恋人がいたり同棲《どうせい》したりしていても何も不思議はないのだけれど、顕吾はいわゆる堅物《かたぶつ》で、実家で過ごしていたころはもとより、大学に入って一人暮らしを始めてからも、いわゆる浮いた話を一度も聞いたことがなかったのだ。

「先月出張でこっちのほう来て一泊してってたんだけどさ、そのときに、来年の春になってオレが大学受かったら一緒に住めって父ちゃんが言ったんだよ」

うん、と翔太が身を乗り出して聞く。脩斗の志望大学は室蘭で、顕吾の勤務地も室蘭なのだから、経済的な面でも安全の面でも、親としてはそれは当然考えることに違いなかった。

「そしたらさ、そのときの反応がなんつうの、微妙に含みのある拒否っていうか。はっきり嫌だとは言わないんだけど、ちょっと困る、みたいな？」

思い出し語りをする弟に、うんうんと翔太が相槌《あいづち》を打つ。

「でさ、ふたりになったときに言ったんだよ。顕兄、実はもう誰かと住んでたりして、って。そしたら一応、いや、違うって否定はしたんだけど顔真っ赤でさあ。あー、こりゃ確定ですねって感じで」

「そうか――、顕兄がなぁ……」

ベッドに腰を下ろし、翔太がしみじみ呟いた。共働きで忙しい両親に代わり、顕吾はちいさいときから自分たちの面倒を見てくれた。そんな兄に幸せが訪れたなら、それはちゃんと守ってやりたい。

別に恋人と住んでいるのならそう親に言えばいいようなものなのに、昔から恥ずかしがりやの顕吾にとっては口に出しづらいことなのだろう。

「部屋のことはどうなった？　学生と社会人なら生活時間も違うだろうから別のほうがいいんじゃないかって、おれからも父さんたちに言ってみるか」

「や、大丈夫。オレが行きたい大学と顕兄の職場と結構離れてるから不便だって父ちゃんに言ったら、それもそうかってあっさり引いた。ちょっと思いつきで言ってみたぐらいの感じだったんじゃね？」

「そっか……、なら良かった」

ほっと息をつくと、うん、と脩斗がのどかに頷いた。

「オレもひとりのほうがいいし。顕兄と一緒だと、彼女呼ぶのも難しいじゃん」

「……いや、まあそうだろうけど」

恋愛面に奥手だった兄二人に対して、脩斗は保育園のころから彼女がいて、翔太が知る限り切れ目がない。今日も昼間は何代目かの彼女とのデートだった。

「翔兄は？　彼女できた？」

いきなり話を振られて、え、と翔太が固まった。その反応に脩斗が笑う。

「そうだよな、いたら一週間も帰ってこないよな。翔兄、イケメンのくせになんで彼女できないんだよー」

茶化す脩斗に、余計なお世話、と文句を言って立ち上がる。そんな翔太に脩斗が呼びかける。

「作れよ、彼女。せっかく一人暮らししてるんだし、女の子いつでも呼べんじゃん。マジ羨《うらや》ましい。家だとさ、やっぱいろいろ気ィ遣うだろ。親のいないとき狙《ねら》ったり」

にやけた脩斗が言わんとしていることが伝わってきて、翔太の頬が熱くなる。

「……脩斗！」

「大丈夫だって。ちゃんとゴムつけてるから」

飄々《ひょうひょう》と答える脩斗はとても年下とは思えない落ち着きぶりで、アワアワする翔太を楽しげに見ていた。

「——だけどまだ早いだろ、そういうのは」

何か兄らしいことを言わなければと、良心に追い立てられるまま自分でも説得力がないと思いながら口にすると、案の定《じょう》脩斗が吹き出した。

「翔兄、いつの時代だよそれ」

「いや、そうは言っても責任だってあるし」

「だからちゃんと避妊はしてるよ」

悪びれずに喋《しゃべ》る脩斗と自分との間には、深い溝があるらしい。同じ家庭で育っていても、考え方は当然違う。自分とは正反対な弟を尊敬していいのか叱《しか》っていいのか、どうにもわからなくなる。

「だってさ、好きな子といたらムラムラしない？」

ケロッとした表情で脩斗が言った。

「やりたいって意味だけじゃなくてさ。一緒にいたらさ、もちろん体もだけど、なんつーか気持ちもめっちゃムラムラする。ぎゅーって抱き締めて、どうにかしてオレだけのものにしちゃいたいって思う。好きで可愛《かわい》くてたまんないって気持ち、ほかにどうやってぶつけたらいいかわかんねえもん」

淡々と口にする弟を、翔太は黙ってみつめていた。ただ性欲のままに寝ているというわけではなかったらしい。

「……ちゃんと考えてるんだな」

「当たり前じゃん、超マジだよ」

堂々と言い切り、胸を張る。その顔はやけに輝いていて眩《まぶ》しい。

「翔兄もさ、早くそういう相手みつけなよ。マジで毎日楽しいから」

「──でも楽しいことばっかりでもないだろ。ケンカしたり、すれ違ったり」

「もちろんそんなときもあるけど。でもそれでも楽しいよ。ケンカしてるときでも、なんだよアイツって思いながら、結局彼女のこと考えてるわけじゃん？　なんかそういうの、幸せだなって思う」

嬉しげに話す脩斗がやけに大人にみえた。

「すげえな脩斗──」

素直に感嘆《かんたん》した。自分の後を付いて回っていた弟は、いつの間にか自分を追い越してずっと先を歩いている。

「とにかくさあ、翔兄も恋したほうがいいよ。大学にも女の子いるんだろ。カズちゃんとつるんでばっかじゃ彼女できねーぞ」

わかってるよ、と翔太が笑って答えた。

「昨日みたいに地元の仲間と飲みに行ったときとかに、誰かに紹介してもらったりさ。帰るまでにまた飲み会あるんだろ？　もう合コンにしちゃえばいいじゃん」

呑気《のんき》に盛り上げてくれる脩斗に苦笑して、おやすみ、と部屋を出る。

隣の自分の部屋は、ベッドも机も小樽《おたる》に持って行ってしまったから、やけにがらんとしていて落ち着かない。布団に寝転がり、ぼんやりと天井《てんじょう》を眺める。

──居心地が悪いわけじゃない。両親も久しぶりに帰ってきた息子を温かく迎えてくれているし、昔からの友人たちと遊ぶのも楽しい。ただ心のどこかで、ここじゃないという感覚を覚えてしまう。……今の自分の居場所はここじゃない。

ふっと目を閉じた。瞼《まぶた》に浮かぶのは、静謐《せいひつ》な空気をまとった男の姿。言葉ではなく、瞳から思いをあふれさせるひと。

――会いたい。でも会えない。どうにもならないもどかしさに心が揺れる。

紺《こん》ちゃんは橿原くんと一緒にいられるから有り難《がた》みがわからないのよ――いつだったか言われた芽衣《めい》の言葉が今ならひしひしとわかる。確かにそうだった。橿原がそばにいることが当たり前になりすぎていた。

やるせなさにため息をついたときだった。枕元《まくらもと》に転がしていたスマートフォンが鳴った。

「――ッ!」

ガバッと起き上がり、画面を見る。次の瞬間、肩を落とした。表示されていたのは期待していた名前ではなかった。身勝手な落胆《らくたん》を振り払い、タップする。

『紺ちゃん、ヤッホー』

声の主は友里恵《ゆりえ》だった。酔《よ》っているのかずいぶんテンションが高い。居酒屋にでもいるらしく、周囲はかなり喧噪《けんそう》にあふれてにぎやかだ。

『今ねえ、小樽で飲んでるの。芽衣たちと一緒』

予想通りの言葉に、そうか、と翔太がおざなりに返事をした。紺ちゃーん、と後ろから女子たちの陽気な呼びかけが聞こえてくる。

『地元に帰ってるんだって?』

友里恵に言った記憶はない。どうして知っているんだろうと訝《いぶか》しむ翔太の心中を見透かしたように、うふふ、と友里恵が笑った。

『お店来る前に橿原くんとばったり会って、聞いちゃったんだ。ねえねえ、お土産《みやげ》買ってきてよ』

その名前が出た途端、どくんと心臓が跳ねた。逸《はや》る鼓動を悟られないようにと注意しながら軽口をたたく。

「なんだよ、土産の催促《さいそく》かよ」

「そうだよー。あのね、シシャモ食べたい。日高の美味《おい》しいんだもん」

わかったよと翔太が答えると、やったぁ、と歓声が上がる。

『私たち来週函館《はこだて》行くんだ。そのときちゃんとお土産買ってくるからね』

「ありがとな。じゃあな、飲み過ぎるなよ」

笑って切ろうとした翔太を、待って待って、と友里恵が楽しげに引き止めてきた。

『橿原くんなんだけどね、さっき会ったとき、駅で金髪の男の人に抱き付かれてたんだよ』

「――え」

思わず声が揺れた。動揺はしっかり電話の向こうに伝わったらしい。嬉しそうに友里恵が続けた。

『びっくりするでしょ？　私も、え、どういうことって超びっくりしちゃって。相手の男の人はいかにも西洋人ですって感じのイケメンでさ、なにこれ、こういうのもアリかもとか思っちゃった』

キャッキャッと話す友里恵は、アイドルの特ダネを摑《つか》んだファンのように興奮している。

一方翔太の心はざわざわと乱れていた。金髪の外国人――一体どこの誰で、橿原とどんな関係なのか。気持ちがどうしようもないほど揺さぶられていた。

そんな翔太の困惑を知るはずもない友里恵が、呑気に口にした。

『思わずぼーっと見ちゃった。ね、そのひと誰だと思う？』

「……わかるかよ」

ついつっけんどんになってしまった翔太の反応に気を悪くした様子もなく、そりゃそうだよね、と友里恵がおおらかに笑った。

『なんとお姉さんの彼氏でした』

「――美波《みなみ》さんの？」

呆然《ぼうぜん》とした呟きがこぼれた。そうだよ、と友里恵がすんなり肯定《こうてい》する。

『お姉さん、初めて見たけどすごい美人なんだね。姉も弟も美形なんて、遺伝子パワーすごいよね』

「そうだな」

ほっとしながら、翔太は無邪気にはしゃぐ友里恵に相槌《あいづち》を打った。

『紺ちゃん、ところでいつ帰ってくるの？　帰ってきたら飲み会しようよ。もちろん樫原くんも誘って』

「……そのうちな」

曖昧《あいまい》な言葉で濁《にご》す。えー、と友里恵のブーイングが響いた。

『ちゃんと計画立てるから、樫原くん連れてきてよ。紺《こん》ちゃんだけが頼りなんだから』

「なんでおれだよ」

だって、と友里恵がムッとした声で返してきた。

『さっきもダメ元で誘ったけどあっさり断られたしー』

やけになったような棒読み口調で友里恵が答えた。

『とにかく樫原くんは紺ちゃんいないと出てきてくれないのよ。だから帰ってきたら絶対飲み会。もちろん飲みじゃなくて美術館めぐりとかでもいいし』

賛成ー、と後ろから叫ぶ芽衣の声がはっきりと届く。

『とにかくよろしく。小樽に戻ったら教えてね』

のどかに、けれど断固とした調子で友里恵が言って電話は切れた。

正直自分が誘っても樫原が飲み会に顔を出すとは思えない——むしろ今の状態では自分が誘

えばなおさら行かないだろうし、そもそも今橿原を誘えるほど、翔太のメンタルは強くない。友里恵たちに誘ったのかと催促されても、当分適当に流しておくしかなさそうだ。

(——それにしても)

深い息がこぼれた。

(橿原くん、さっき駅で金髪の男の人に抱き付かれてたんだよ)

その言葉を聞いた瞬間、目の前が真っ暗になった——心臓が止まるかと思った。今もまだ指先がかすかに震えている。気付いてギュッと手を握り締めた。

(落ち着け——)

息を吐き、自分に言い聞かせてはみたものの、なかなかこの動揺は治まりそうにない。

聞いたのが電話で——声だけで良かった。直接顔を合わせてだったら、どうしてそんなに狼《ろう》狽《ばい》しているのかと絶対に怪訝《けげん》がられていた。

少しでも心をなだらかにしようと、からりと窓を開けて外の空気を吸い込んだ。それでもなかなか落ち着かない。

(ちくしょう……)

自分で自分が情けなくなる。そして同時に、どれほど橿原を好きになってしまっているのか、改めて思い知らされた気がした。

橿原が男に抱き付かれていたと聞いただけでこんなにも心が乱れた。誤解だったから良かったものの、もしこれが美波の恋人ではなく、まったくの他人だったら？　檀原に思いを寄せる男が現れたとしたら――？

ぞくぞくっと背中に震えが走った。

「ちょっと待て……」

ひとりの部屋の中、小声で呟く。

言うまでもなく、檀原は女子たちから絶大な注目と好意を集めている。潮《うしお》まつりのときだって、数えきれないほど声をかけられていた。けれどどれだけ女性たちから秋波を送られても、檀原は異性に心が動かないと知っているから別に気にならなかった。

でももし、この先誰か檀原の恋愛対象になる人間が檀原の前に現れたら――？　それか自分が檀原の思いになかなか応《こた》えず、檀原が翔太との関係に行きづまりを感じて、心が離れていってしまったら。そうしたらいつか誰かが檀原の隣に並ぶことになる。自分ではない誰かが檀原と笑い合い、愛し合うことになる――。

（……嫌だ）

はっきりと思った。――そんなのは嫌だ。無意識に拳《こぶし》を固く握り締めていた。

こうやって離れていれば会いたいし、そばにいないことが寂しい。いつも自分の隣にいてほしいと思う。自分の生活の中にも、心の中にも、檀原がすっかり入り込んでいた。自分の気持ちは完全に檀原に、檀原だけに向けられている。

それほど恋しい相手を手放すのか——？　体を重ねる怖さを克服できないせいで。こうしてぐだぐだしている間に櫂原の心が離れてしまったらどうする？　ほかの誰かに奪われてしまったらどうする——？

「……そうだよ」

呟きに力が籠《こも》る。鼓舞《こぶ》するように声にした。

たまらなく好きなひと。離れてはっきりそれがわかった。そんな相手を失うことは出来ない。誰よりも大切で、誰にも渡したくない。櫂原にもずっと自分を好きでいてほしい。

なぜか不意に何もかもが吹っ切れた気がした。いきなり目の前の扉が開けた感覚——やけにすっきりと自分の心が見渡せた。

櫂原は自分を好きだと言ってくれている。一番怖くて緊張する、相手の思いを知るという壁は、櫂原がもう壊してくれている。

好きだと告げるのには、櫂原だって相当な怖さを乗り越えたはずだ。

それなら自分も乗り越えよう——痛くても苦しくてもみっともない姿をさらすことになっても、それを乗り越えてみせる。年上のプライドも男としての矜持《きょうじ》も何もかも捨てて、櫂原にすべてをさらけ出してみせる。自分がどんなに情けなくても、きっと櫂原は呆《あき》れたりしない。

お互いに好きなら同性同士だって構わない。世間体だとか人目だとかを気にして、本当に大切なものを失うわけにはいかない。

多分すべて見せるのが恋愛なんじゃないか。いいところも悪いところも強いところも弱いところも何もかもさらけ出して、それで駄目になるとしたらそれまでの縁、もしそうじゃないのなら——糸が繋《つな》がっているふたりなら、一層絆《きずな》が深まるはずだ。

ケンカをしていても相手のことを考えている、それが幸せだと思う——そう言った脩斗の気持ちがわかる気がする。

「よし——」

深く息を吸い込む。覚悟が決まった気がした。

立ち上がり、翔太は荷物を片付け始めた。窓の外から風に乗って汽車の音がした。

町中を抜ける大きなカーブを越えると、小樽《おたる》の駅はまもなくだ。

夕暮れの日差しが差し込む坂の町を、翔太《しょうた》は不思議な気分で車窓から眺めた。

ほんの数日離れていただけなのにやけに懐かしい気分に駆られるのは、太陽が沈《しず》む寸前のノスタルジックなオレンジ色の景色のせいなのか、それともこの町に自分の心と体が根付いてきたからだろうか。生まれ育った故郷ももちろん好きだし、帰るとほっとする。けれどそれとはまた違う思いが小樽の町にはある。

小樽に戻ろうと——樫原《かしはら》に会おうと決めたのは昨夜《ゆうべ》。今朝《けさ》、いきなりバイトが入ったから予定を繰り上げて戻ることになったと家族に伝えた。どうにかならないのかと残念がる両親に嘘を付いてしまったことを心の中で謝りながら、一足先にひとりで墓参りに行き、ちょうど顕吾《けんご》と入れ違いになる格好で札幌《さっぽろ》に向かうバスに乗った。

（翔兄、しっかりセーシュンしろよ）

ひょっとしたら自分の嘘に気づいているのか、からかうように声をかけてくれた脩斗《しゅうと》に、わかったよ、とバスの窓から笑いかけた。

脩斗に負けないように、しっかりセーシュンとやらを楽しまなければ。——樫原に会って、自分の気持ちを洗いざらいぶつけよう。弱さも怖さも何もかもを樫原に伝えよう。きっと樫原はわかってくれるはずだ。

ホームに入った列車がゆっくりと止まる。お盆まっただ中で混雑するホームを歩き、外に出た。着いたと母親に電話をすると、声がどことなくよそ行きだ。訝《いぶか》しむ翔太に、お兄ちゃんが彼女連れてきたの、と小さく早口に言って、じゃあねと母は電話を切った。

「……そうか、連れてきたか——」

思わず口元が緩《ゆる》む。

母親の慌てぶりだと、おそらく事前に何も連絡をせず彼女を連れてきたのだろう。一体どんな報告がされるのか——付き合っているひとです、か、結婚することにしました、か。どうであれ喜ばしい報告であることは間違いない。真面目《まじめ》な兄はきっと相当緊張しているに違いないが。顕兄も頑張るんだな——無事伝えられますようにと心の中で兄にエールを送る。

次は自分が頑張る番。よし、と軽く息を吸い込んで歩き出したときだった。

「紺野《こんの》くん！」

不意に呼びかけが響いた。え、と顔を上げる。美波《みなみ》の声のような気がした。

予想通り、少し離れた歩道橋の辺りから、美波が軽やかに手を振ってこちらに走ってくるのが見えた。

「すごいね、偶然！」

少し息を切らし、美波が楽しげに笑う。こんばんは、と翔太も驚きつつ笑いかけた。

「どうしたんですか、お店は？」

「今ね、駅ビルの展示コーナーで市内のガラス工房のピーアールみたいなイベントやってて。それに出てたの」

そうだったんですか、と翔太が頷いた。お疲れさまでしたと労《ねぎら》うと、ありがとうと美波が微笑《ほほえ》む。ガラスのピアスが夕陽を反射して輝いていた。それから大きな目をひょいと翔太の荷物に向けた。

「紺野くん、地元戻ってたんだって？　今帰り？　車だから送るわよ」

「いや、そんな、悪いです」

「遠慮しないで。私もちょうど帰るところだったし。駐車場、うちのお店の近くなんだ。ちょっと歩くけどいい？」

すたすたと歩き出され、結局乗せてもらうことになった。

「すみません、わざわざ」

「全然だよ。日高《ひだか》だよね。遠いもんね、疲れたでしょ」

隣を並んで歩く美波が気遣《きづか》ってくれる。

「大丈夫です。ただ座ってるだけだし」

答えた翔太に、それが疲れるのよ、と美波が眉《まゆ》を寄せた。

「でも地元に戻るのは、疲れてもやっぱり楽しいよね。――なんて生まれも育ちも同じ町の私が言っても説得力ないけど」

悪戯《いたずら》っぽい笑みを美波が浮かべ、翔太も笑った。

「――そう言えば昨日うちのクラスの女子と会ったって」

駐車場に着き、熱がこもる車に乗りしな翔太が口にすると、美波が目を丸くした。

「もう知ってるの？　早いね」

美波がくしゃっと笑う。翔太も助手席のドアを閉めて苦笑いした。暑いけどちょっと我慢してね、と美波が車の空調を強くする。

「感じのいい可愛《かわい》い子たちだったわよ。飲み会に行くところだからって灯《ともる》にも声かけてくれたんだけど、いつもどおり断っちゃって。少しは人付き合いするようになったかと思ったけど、紺野くんがいるとき限定なのね」

しみじみと美波が呟いた。シートベルトを締め、いや、と曖昧《あいまい》な作り笑顔を浮かべると、本当よ、と美波がきっぱり言った。

「紺野くんは灯にとって特別な存在だってよくわかる。今だって絶対、紺野くんが地元に戻っちゃって寂しいから帰ってきてるのよ」

どう答えていいか迷いつつ、そう言えば、と翔太は話を逸《そ》らした。

「美波さんの彼がイケメンだったたって聞きましたよ」

「え、やだ」

軽く眉を寄せ、照れくさそうに美波が笑う。

「リチャードっていうんだけど、灯と初めて会ったの。シャイな子だからやめてねって言っておいたのに、リチャードったら駅で会った途端にいきなりハグしちゃったのよ。灯、おもいっきり硬直しちゃって」

光景が想像できて、思わず笑いをこぼした翔太に、浮かぶでしょ、と美波がにやっとした。

「遠距離恋愛なんですか?」

「ううん、札幌の高校で講師してるの。日本語もそれなりに話せるくせに、挨拶《あいさつ》とかはおもいっきりアメリカ人なのよ」

陽気に笑って、車を走らせながら、あ、と美波が口を開いた。

「そうだ、紺野くん、うちでご飯食べていきなよ」

「え、いや、そんな」

もちろん橿原に会うつもりでいた。隣の部屋にはいないだろうから、橿原の家に行ってみようと思っていた――口実代わりに日保ちのしない日高の土産《みやげ》も用意してある。でもいきなり押しかけて夕飯をご馳走になってしまうのは気が引けるし、何より美波たちには申し訳ないが、橿原とふたりきりになりたかった。家族がいるところではとても出来る話じゃない。

けれど美波は、翔太が遠慮をしていると思ったらしい。さっさと家に電話をかけてしまった。

「何もありませんけどぜひどうぞって母が。多分私の予想だと今夜は肉じゃが系」

「いや、でも申し訳ないので」

「全然申し訳なくないわよ。むしろ大歓迎。最近紺野くんが来ないって、みんなで寂しがってたんだから」

社交辞令だろうと有《あ》り難《がた》かった。結局誘いに甘え、一度アパートに荷物を置いて、それから橿原の家へと向かった。

家が近づくにつれ、徐々に緊張が高まっていった。

確かに橿原に会いたくて、だから予定を早めて帰ってきた。美波の計らいでこうして家に向かってしまっているけれど、本当にこれで良かったんだろうかと迷いも生まれていた。会わないと言われていたのに、当人に連絡もせずいきなり現れた自分を櫂原はどう思うだろう――？　櫂原にメールをしておこうかと思ったものの、美波との会話は途切れることがなく、チャンスがなかった。

まずかったんじゃないか、気を悪くさせるんじゃないか――じわじわと後悔が生まれたものの、自分ひとりではなく美波がいる。もう引き返すことは出来ない。

それにやっぱり会いたかった。疎《うと》まれたとしても、一瞬でも櫂原の顔が見たかった。誰かにこんな思いを抱《いだ》くことは初めてで、自分でも戸惑った。

そうこうしているうちに車が見慣れた家に着いた。これまで感じたことのない緊張を覚えながら車から降りる。

「どうする？　ご飯まで見てる？」

翔太の視線が工房に向いていることに気づいたのか、車の鍵《かぎ》をかけて美波が尋ねてきた。

「灯、まだやってると思うんだけど」

そう美波が呟いたのと同時に、父親が工房から外に出てきた。

「よう、紺野くん。久しぶりだな」

笑顔で歓迎してくれた父親に、こんにちは、と挨拶をした。それから日高の土産を渡す。

「悪いな、かえって気を遣《つか》わせて」

美波と父親が恐縮した面持《おもも》ちで袋を受け取った。下心満載の品物を有り難がられて良心がちくちく痛む。いえ、と翔太は申し訳なさにかられつつ首を振った。

「お父さん、灯は？　工房だよね」

美波が問いかけると、ああ、とタオルで額の汗を拭《ぬぐ》って父親が頷いた。

「ねえ、今日はどうだった？」

「駄目だな」

美波の質問にあっさりと父が答える。それからゆるく息を吐き、のんびりと言葉を続けた。

「誰でもそういう時期はある。それを乗り越えられるかどうかでそのあとが決まるんだ」

それはそうだけど、と美波が渋面になった。

「ほっとけ、ほっとけ。――じゃあな、紺野くん、たくさん食べてけよ」

ご馳走《ちそう》さん、と翔太が渡した袋を軽く掲《かか》げ、父親が家の中に入っていく。

「……あの、何かあったんですか」

今のやり取り。さすがに最中に口ははさめなかったものの、話題になっているのは橿原のことだろうと感じられた。美波が困ったように笑い、口を開く。

「このあとちょっと大きな品評会があるんだけど、灯、それに出す作品がなんだか思うように作れないみたいで。今までそんなことなかったから、少し気になって」

「――え」

思わず眉《まゆ》を寄せた翔太に、ううん、と美波が心配をさせまいとしてか、ことさら明るい顔になる。

「大丈夫大丈夫、お父さんが言うみたいに、誰にでもあることよ。ただ私が心配性なだけ。でもね、きっと紺野くんに会ったらまた作れるようになると思う」

からりと美波が笑い、工房の玄関のドアを開けた。いつもの控《ひか》え室《しつ》に通される。

ガラスの向こうの工房では、橿原が一人で作業をしていた。こちらに背を向ける格好で椅子に座り、何重にもなった新聞紙で竿《さお》の先のガラスの塊《かたまり》を転がしていた。それを眺め、けれど思うようなものにならなかったのか、潰《つぶ》してしまった。広い肩が上下して、ため息を吐いたらしいことがわかる。

あんなにガラスに夢中だった人間がしばらく工房へ来ていなかったのは、作品作りが上手《うま》くいかなかったからなんだろうか。世界を広げるためではなく、思うように作れなくて、そんな状態から逃げるために、外に出たり人に会ったりしていたんだろうか――。

ガラスの話をしようとしたら遮《さえぎ》られたのは、偶然じゃなくてこんな理由があったからなのか。はぐらかされてもきちんと話を聞けば良かった。とてつもない後悔がちりちりと翔太を苛《さいな》んだ。

あれだけガラスを愛し、ガラスに愛されている橿原が作れなくなるなんて信じられなかった。そんな日がくるなんて思ったこともなかった。

(――どうしよう)

それほど大変なときだというのに、のこのこ来てしまって良かったんだろうか。とはいえ来てしまったからには引き返せない。どんな態度をしたらいいのか決められないでいるうち、呼んでくるねと美波が工房の中に入っていってしまった。

櫃原に美波が何か呼びかけた。櫃原がふっと振り返り、すっと立ち上がった。にこやかな美波の傍《かたわ》らで、櫃原はこちらを見据《みす》えたまま驚いたように目を見開いている。どう反応していいのかわからず、翔太は笑みを繕《つくろ》い、軽く手を上げてみせた。

(――ああ、やっぱり好きだな)

呆然《ぼうぜん》とこちらを見る櫃原をみつめ返しながら、櫃原への愛《いと》しさがどっと体の中からあふれ出してくるのを感じていた。

その姿が目に入った途端、一気に鼓動《こどう》が上がり、甘い漣《さざなみ》が体中に広がる。

これまでわからずにいた――わからないふりをしていた感情が、気づいた途端とてつもなく大きなものになった。――これが恋というものなのか。

愛しさで胸がいっぱいになって、どうしようもなくなる。

まもなくドアが開き、櫃原が出てきた。

「紺野くん、お待たせ」

おだやかに美波が声をかけてきた。いえ、と翔太が返事をした。

「ご飯出来たら呼びにくるね」

ニコッと微笑んで美波が出て行く。ふたりになると、やけに空気の密度が増す気がした。

あんなに会いたかったのに、いざ顔を合わせたら何を言えばいいのかわからない。

櫃原も何も言わない。感情の読み取れない表情で視線を足元に落としている。多分自分は歓迎されていないのだと感じられた。しばらく会わないと言われているのに家にまでやってきてしまったのだから、嫌がられても無理はなかった。覚悟していたことだろうと自分を鼓舞《こぶ》する。来てしまった以上、逃げるわけにはいかない。

心の中で自分に活を入れて顔を上げた瞬間、櫃原が唇を動かした。

「どうしたんですか、まだ日高だったんじゃ——」

低い声が問いかけてくる。久しぶりに聞くその響きに胸を熱くしながら、うん、と翔太が口を開いた。

「今帰ってきた。小樽駅で美波さんに会って、ご飯誘ってもらって来ちゃったんだけど」

「そうですか」

感情の揺れの感じられない声が返ってくる。

どう思われているのかはわからない——それでも怯《ひる》むわけにはいかない。

「ごめんな、会わないって言われてたのに。でもどうしても話したいことがあったから」

きっぱりと言葉にした翔太に、ちらりと櫃原が一瞥《いちべつ》をくれた。

「……姉に何か言われましたか。電話でもかけた?」

「美波さんが?」

「それでわざわざ予定より早く帰ってきてくれたんですか」

「違う」

はっきり否定した。樫原は少し戸惑ったようなまなざしを浮かべた。

会いたかったから――そう言えたらいいのに、最後の勇気が出せなくて声にならない。

そんな翔太の向かいで樫原がちいさな息を吐き、ゆっくりと呟いた。

「……俺、最近スランプで」

頭からタオルを取り、樫原がぎこちなく声にする。その顔をみつめ、翔太が口を開いた。

「――それ、おれのせいじゃないか？」

「え？」

樫原が眉を寄せてこちらを見た。苦しさを覚え、翔太が声を出した。

「おれが遊びに連れ出してばっかりいたから、だからものを作る感覚みたいなのが鈍《にぶ》って――外の世界を見ろとか人間関係広げろとか偉《えら》そうに言って、それで樫原の時間も、ガラスとの距離感みたいなのも奪って」

美波に話を聞いたときから胸の中に渦巻《うずま》いていた思いを口にした。違います、と即座に樫原が否定した。

「翔太さんのせいじゃない。……俺の問題です」

揺るぎのない口調で言い切った樫原を、翔太はじっとみつめた。

「橿原の問題って何？」

目を逸《そ》らさずに尋ねた。橿原は答えなかった。翔太がぐっと奥歯を嚙み締めた。

「……おれはその程度の存在？」

ぽつりと言った。え、と橿原が戸惑いを浮かべる。その顔を睨《にら》むようにして見やり、翔太が言葉を続けた。

「橿原が迷ったり困ったりしてても、相談してみようって気にもならない、全然役に立ちそうにもない人間？」

「そういうことじゃ！」

橿原がきっぱりと首を振る。その様子が怖いほど真剣で、思わず翔太が息を吞《の》んだ。橿原がはっとしたように瞼《まぶた》を伏せる。

「――すみません」

そう謝ったきり、橿原は何も言わなかった。その横顔を翔太はぼんやりと見た。

橿原にとって、自分の存在は何だ――？　どんよりとした思いが心の中に広がっていく。

そもそも作品を作れずにいることを、橿原から何も聞かされていなかった。作れなくなったのは多分自分たちの間がぎくしゃくする前からだ。何でも打ち明けられる、全幅《ぜんぷく》の信頼を置いている相手なら、弱さや困りごとも話すんじゃないだろうか。つまり何も教えられていない自分は、橿原からそれほど信用されていないという烙印《らくいん》を押された気がした。

（……それとも）

すうっと胸に嫌な風が吹き抜ける。

もしかしたら自分との関係が――恋心が橿原の創作の枷《かせ》になってしまっているんじゃないか。

恋にうつつを抜かして、本来するべきことがおろそかになるのはよくある話だ。もし自分がいることで、ガラス作りが出来なくなっているのだとしたら一体どうするべきなんだろう――橿原の才能を大切に思うのなら、橿原と離れるべきなのか。自分と出会う前の状態に戻って、心身ともにガラス作りに打ち込める環境にしたほうがいいのか。

自分の存在は橿原にとってプラスにならないということなんだろうか。相談相手にもならなくて、創作の邪魔をして――考えるまでもなくわかることだ。

橿原のそばにいたいと自分の心に素直になった途端に、離れなければいけない状況がやってくるかもしれないなんて。好きなのに、それなのにそばにいられないのか。一歩も二歩も離れたところからそっと橿原を見ているしかないのか――。きりきりと胸が絞《しぼ》られて、息が苦しくなる。

「……いやだ――」

思わず声がこぼれていた。え、と橿原が困惑したような呟きをもらす。

たとえ橿原にとってマイナスにしかならないとしても、それでもそばにいたい。もし自分に原因があるのなら、どうにかして元の橿原に戻れるように身を引くべきだと頭ではわかっている。

（でも――）

どうしようもなく身勝手で利己的《りこてき》な自分に嫌悪は湧きつつ、それでも檑原と離れたくなかった――檑原の隣にいたい。胸の中にあふれる思いがどんどん膨《ふく》らんで、とうとう弾《はじ》けた。

「……おれは」

檑原の目を見て、はっきりと声にした。戸惑っているらしい檑原から視線を逸《そ》らさず、翔太は続けた。

「ガラスのことなんかわからない。だけど檑原のことはわかりたいと思うし、檑原の支えになりたい」

「もう充分なってもらってますよ」

ぎこちない笑みを浮かべ、檑原が呟く。いや、と翔太が首を振った。

「それとは違う――友達としてじゃなく、……恋人として」

翔太が力を込めて言った瞬間、檑原が目を見開いた。その顔をみつめたまま、迷いも揺らぎもなく翔太は言った。

「好きだ」

声ははっきりとした音になった。告げた途端、自分の中に不思議な力が満ちてくるのが感じられた。

「櫂原に会いたかったから――だから小樽に帰ってきた。作れなくなってるって話を聞いたのは今だ」

櫂原を見据えたまま声にする。櫂原はただ呆然とこちらを見ていた。

「前から自分の気持ちに気づいてたくせに、勇気がなくて認められなかった。多分櫂原に好きだって言ってもらった時には、本当はおれも櫂原のこと好きになってたんだと思う。だけど全然踏み出せなかった……、男同士でどうやって付き合っていったらいいんだろう、セックスだってどうすんだろって、戸惑ったり怖かったり。大体おれ年上なのに、櫂原のことリードしてやれる自信ないし、守ってやれないし。だけど櫂原の前では格好つけてたいし、すごいって思われてたいし、だからそんなこと言えなくて」

自分でも待てよと思ったものの、話している途中から微妙に論点がずれていった。翔太さん、と櫂原が戸惑うように呼びかけてきたけれど、心の中から迸《ほとばし》ってくる言葉は止められなかった。

「櫂原だっていくら好きって言ってくれてても、いざそういうときになって男の体見たら萎《な》えちゃうんじゃないかとか、それで冷静になってやっぱり間違いだったとか言われたら最悪じゃんとか、そうなったらおれの気持ちどうなるんだろうとか、なんかどうしようもないことぐるぐるぐるぐる考えて――、そしたらいきなり押し倒されて、こっちはまだ全然覚悟も出来てなくて」

「――、すみません」

謝る榧原を、いいんだよそれは、と翔太が遮《さえぎ》る。

「とにかく榧原を好きだって、会えなくなってはっきりそれがわかった。スランプの原因がおれならちゃんと離れてやらなきゃって頭ではわかってる。だけど無理だ。ごめん」

頭の悪すぎる説明だと思いはしても、順序立てて話せるほど余裕もなかった。あふれ出す思いを吐き出すだけで精いっぱいだった。

「おれじゃ役に立たないだろうけど、それでも知りたい。……榧原のことは何でも知っておきたい」

そこまで言ったのと同時に、不意にきつく抱き締められた。息苦しいほどに強く。思いがけない行為に翔太が目を見開く。

「……榧原――」

「すみません……、ちょっとこのまま」

榧原が耳元でささやき、抱き締める力に一層力を込めた。――苦しいのに苦しくない。不思議な感覚だった。

「――好きです。本当に、どうしようもないくらい好きです」

震える榧原の声が耳元で響いた。その言葉がとてつもない安堵《あんど》と幸福をもたらした。そのままの気持ちでいてくれたらいいと――そう簡単に心変わりをするような人間ではないはずだとわかっていても、それでも本人の口から聞かされるとほっとした。

「良かった……」

吐息混じりにささやくと、はい、と櫃原が万感が籠《こ》められたような頷きをこぼした。今はそれしか言えないような——甘くて愛おしみに満ちた響きだった。

しばらくそんな時間が過ぎたあと、櫃原がゆっくりと縛《いまし》める力を解いた。呼吸の自由を味わいつつ、なんとなく寂しくて、そんな自分が不思議だった。

「……あの、腹減ってますか」

櫃原がぼそりと問いかけてきた。

「え、いや？」

突然の質問に訝《いぶか》しみつつ翔太が答える。じゃあ、と櫃原が続けた。

「アパートに戻りませんか。ここじゃゆっくり話せないし」

「あ——、うん、そうだな」

翔太が苦笑いで同意した。確かにいつ家族がやってくるかしれない場所で恋愛話をするのも落ち着かない。何も考えず散々ぶちまけてしまった自分に、今さらながら青ざめた。

「ちょっと待っててください」

櫃原がやわらかなまなざしで告げ、部屋を出て行った。

ひとりになると、急に恥ずかしさに襲われた。かなり勢いに任せて恥ずかしいことを言ってしまった気がする。しばらくの間、思い出しては顔を赤くする羽目になりそうだ。

ふと部屋を見渡した。天井にファンが回る控え室に飾られているのは、見覚えがない小ぶりな花瓶《かびん》だった。活けられた白いトルコキキョウがやわらかな花びらを広げている。花瓶には花の魅力を削《そ》がない程度の切子細工が輝いていた。

ぼんやり眺めていたら橿原が戻ってきた。後ろから美波や両親もやってくる。

「紺野くんごめんね、バイトだったんだって？」

美波が申し訳なさそうに詫《わ》びた。え、と首を傾げた翔太に橿原がこっそり目配せしてくる。それを見て合点《がてん》がいった。

「すみません、こちらこそ。時間勘違いしてて」

美波たちを騙《だま》すことに申し訳なさは覚えつつ、橿原が用意した嘘に乗った。

「ごめんなさいね、美波が無理やり引っ張ってきたんでしょう。今度時間があるときにゆっくり来てね。美味《おい》しいもの用意しておくから」

恐縮する橿原の母に、いいえ、と首を振った。これ以上ここにいては良心が苛《さいな》まれすぎて胃に穴が開く。すみませんといろいろな意味を込めて詫び、橿原の家を後にした。

「……なんか悪いことしちゃったな」

おかずを急いで詰め合わせてくれたらしいタッパーが入った紙袋に目を向けて、翔太が呟く。

「しかも息子までいきなり一緒に帰るとか——、申し訳なさすぎ」

罪悪感《ざいあくかん》にかられながら口にした翔太に、いいえ、と橿原は首を振った。

「やっぱり紺野くんがいないから帰ってきてただけなのね、とか喋《しゃべ》ってますよ」

朗《ほが》らかに櫃原が言い、翔太が苦笑する。言った通りでしょ、と美波の声が聞こえてきそうだ。

外はいつのまにかすっかり夜の色に染め替えられていた。虫の鳴き声が聞こえてくる中、ふたりでアパートへと向かった。家路を急ぐ人々が、時折脇を通り過ぎていく。

「――さっきの話の続きですけど」

半分ほどの距離を歩いたところで、不意に櫃原が切り出してきた。ふっと翔太が顔を向けた。

「俺が作れなくなったのは本当に翔太さんのせいじゃないんです。俺自身のせいっていうか」

淡々と口にする櫃原に、翔太は惑いを含んだまなざしを投げかけた。

「櫃原の――?」

はいと頷いて、櫃原が話し出す。ふたりの歩みが自然と遅くなった。

「青のグラス、あるでしょう」

翔太が初めて見た櫃原の作品で、翔太の心を摑《つか》み、そして櫃原にとってもガラス創作の道に進むことを決意させたという大事なグラスだ。うん、と翔太が相槌《あいづち》を打つと、ちょっと困ったように櫃原が笑んだ。

「あのグラスが翔太さんとの距離を縮《ちぢ》めてくれて、ただの隣同士の俺と翔太さんを繋《つな》げてくれました。俺のほかの作品も見てくれて、いいって褒《ほ》めてもらって、それと並行して俺はどんどん翔太さんを好きになっていって。そうやって過ごしているうちに、自分が作りたいものより、翔太さんの好みのものを作ろうとするようになって――、どうしたら翔太さんに気に入ってもらえるか、どんな感じのものが翔太さんは好きか、……なんていうか、そういうことをいろいろ考えてしまって」

「え――、ごめん、じゃあやっぱりおれのせいだ」

思いがけない告白に驚かされた。どうにもしがたい申し訳なさを覚えていると、いえ、ときっぱり橿原が否定した。

「違います、俺のせいなんです。誰かのためを思って作るのはいい、でも誰かに褒めてもらうために作るのはおかしいんです。大体依頼されて作ってるわけじゃない、あくまで自分のために作ってるんですから」

堂々と言った橿原の横顔は、暗がりの中でも輝いてみえた。迷って悩んで、そして答えをみつけ出した、そんな自信がにじみ出ている。

「……なんてね、ようやく最近わかったばっかりなんですけど。翔太さんと離れて、いろんなことを考えて」

橿原が眉を寄せて、微笑む。

「とにかくそれまでは考えれば考えるだけわからなくなって、それで煮詰まっちゃってたんです。こんな事情だから翔太さんには話せなかったんですけど」

実際耳に入るとも思ってなかったし、と苦笑いする。

「──それにやっぱり俺にも男の見栄みたいなのがあって。好きなひとの前で情けないところを見せたくなかった」

照れくさそうに言う檀原を、翔太は静かにみつめた。

なんだ、自分と同じか──なんとなくおかしくなった。好きな相手にはいいところを見せたいし、格好もつけたい。幼い欲を持つのが自分だけではないとわかって、ちょっと嬉しくなった。

「なんですか？」

自然と頬が緩《ゆる》んだらしい。惑うような瞳で問いかけてくる檀原に、うん、と翔太は微笑みかけた。

「……あのさ、さっきも言ったけど、おれはガラスのことは全然わからない。ただきれいだな、すごいなってそれくらい。そんなやつに褒められたところで嬉しくないかもしれないけど、おれは檀原が作ったものならどんな作品でも好きになると思う。檀原が作ったものには檀原の思いが込められてるはずで、だからきっとおれは好きだと思う」

上手《うま》く伝えられる自信はなかったけれど、心を込めて声にした。

こちらを見る檀原のまなざしは嬉しさに満ちていて、どうやら無事に伝わったらしいとほっとした。

「──それとさ、さっき控え室に置いてあった花瓶。あれ、檀原作った？」

翔太が訊《き》くと、はい、とちょっと驚いたように頷いた。

「どうしてわかったんですか」

「なんとなく。切子の感じとか、なんか櫃原っぽいなって思った」

本当に直感で感じ取ったとしか言えない。見た瞬間に、櫃原の作品だろうと思ったのだ。

「そのくらいにはおれ、櫃原通になってる自信あるよ。——いや、だからなんだって話だけど」

「……泣きそうです」

櫃原が弱く笑って呟いた。泣くなよと翔太がからかって肘《ひじ》で小突く。

「——それにもし」

少し歩いてから、翔太がぽつりと口にした。

「もし櫃原がガラス作りを辞めたとしても、それでもおれはただの人間として櫃原が好きだから」

そう告げて櫃原を見る。櫃原が泣き笑いをこらえているように、きつく眉を寄せた。

「……押し倒しそう」

「バカ、無理」

翔太が答えるより早く櫃原の表情が固まった。足を止め、わずかな間をおいて櫃原が口を開く。

「今自分で言った瞬間に後悔したんですけど、……あんなことして、それで冗談でもそれ言っちゃ駄目だろうって」

心からの後悔がにじむ面持《おもも》ちで樫原が唇を嚙み締めた。

「本当に……、本当にすみませんでした。いやな思いさせて」

真摯《しんし》な面持ちで樫原が声にする。

「自分に本当に腹が立ったし、情けなくなりました。だから会いたかったけどずっと我慢してた。もちろん今も反省してます」

「わかってる。ありがとな」

翔太が笑いかけ、樫原の腕を軽く叩いた。

「だけど、だからってこの先何もしないつもりか？　一応恋人になったんじゃないの、おれたち。——それと今『無理』って言ったのは、ここじゃ、ってことだからな」

半分ふざけた調子で言ったのは、どうにも照れくさかったからだ。

樫原が困惑しているふうなまなざしを投げて寄越し、それから信じられないように唇を動かした。

「……いいんですか？」

おずおずと尋ねてくる樫原に翔太はちいさく笑った。

「思いっきり情けなくてみっともないとこ見せることになると思うけど。引くなよー？」

茶化して命じると、真剣に首を振られた。

「引くわけないじゃないですか、押しまくりますよ」

馬鹿馬鹿しい宣言を馬鹿がつくほど真面目《まじめ》にする。

「どんな姿でも見たいです。翔太さんのすべてが知りたい。どんな翔太さんでも俺は好きです」

鼓膜が火傷《やけど》をしそうなほどの熱い声でささやかれ、翔太の頬に熱が集まる。それと、と橿原が続けた。

「一応、じゃないですよね？　確かに恋人になったんですよね？」

真剣な確認に思わず声を上げて笑ってしまった。翔太さん、と橿原がなじる。

「悪い悪い。……そう、恋人です。間違いなく、確実に恋人」

認めてきゅっと手を握る。

「──早く帰ろ？」

視線を橿原に一瞬流して促《うなが》す。同時に腕を引かれて走り出された。

「ちょ──、橿原、速い！」

翔太が笑いながら走る。橿原は止まらない。手も離さない。

走りつつ、花火なしの告白だったなと思った。それでも上手くいったんだからいいのかと苦笑する。

明日にでもふたりで花火をしよう──そのときに改めて告白してみよう。恋人になったばかりの相手は、なんて答えてくれるだろう？

まもなくアパートに着き、翔太の部屋に転がるようにして入った。玄関のドアを閉めた途端、櫺原がくちづけてくる。

「ん――」

ただでさえ走って息が切れているのに、甘くて濃厚なキスに酸欠になりそうだ。でも離れたくなかった。櫺原の舌を追いかけ、絡ませ合った。

靴を脱ぎ、熱気に包まれた部屋の中、縺《もつ》れ合《あ》うようにベッドに倒れ込む。汗をかいたままなのにシャワーを浴びる余裕もなかった。

「汚れちゃいますね」

翔太の服を脱がせながらシーツを気にする櫺原に、いいんだよ、と翔太が返す。

「どっちみち汚れるだろ、いろんなもので」

顔を近づけ、翔太が悪戯《いたずら》っぽくささやきかける。櫺原の頬がかすかに染まった。

「……じゃあ洗濯《せんたく》は俺がしますから」

櫺原が言って、働き者、と翔太が笑った。笑う喉に櫺原がくちづけてくる。くすぐったいような痛いような感触に、甘ったるく肩を竦《すく》めた。

「――脱がせちゃっていいですか」

翔太のボクサーパンツに手をかけ、櫺原がそろりと確かめてくる。ん、と翔太が頷いた。軽く腰を上げた途端ぐっと引き下ろされ、身を覆《おお》うものは何ひとつなくなった。

「……やっぱさすがに恥ずかしいな」

手の甲を口元に載せて翔太が目を泳がせた。櫂原の食い入るようなまなざしが全身を這《は》うのがわかる——形を変えている性器にも。こうなった以上見られて当然だとわかっていても、どうしても羞恥《しゅうち》は覚えてしまう。

「——これ以上恥ずかしくなるようなこと言うなよ」

何か言いかけていた櫂原が、翔太の命令に、え、とちょっと困ったように呟いた。

「きれいです、とかは駄目ですか」

「絶対ダメ」

力を込めて翔太が返す。残念そうに櫂原が眉を寄せた。

「じゃあ世界で一番素敵です、とかは」

「遊んでるだろ！」

翔太のツッコミに櫂原が笑う。こんな無邪気な笑いかたをする櫂原は初めてで、翔太の胸が高鳴った。これからもっといろいろな顔を見られたら嬉しい。もっともっと、櫂原の何もかもを知りたい。

「……本当に好きです」

やさしい瞳を向けて、櫂原が翔太の前髪をかき上げてくる。

「——おれも」

恥ずかしさを覚えながらぽそりと答えると、橿原が幸せそうに微笑んだ。その笑顔に翔太の胸にも喜びが広がる。

それからどちらからともなく、唇を重ねた。今まで誰ともしたことがない、愛しさと情熱とが混ざり合ったキス。時間とともに深さを増していく。

やがて橿原の唇が翔太の首筋に動いた。くすぐったさに反射的に肩を竦めたら、宥《なだ》めるように頬を撫《な》でられる。それから橿原の舌が平たい胸元に移り、ちいさな薄茶色の突起をつつくように弄《いじ》り始《はじ》めた。尖《とが》らせた舌先だったり、やわらかな舌全体だったりでそこをなぶられる。

「ん――」

初めての経験に翔太の声がこぼれる。体中がびりびりした。橿原が触れる箇所から甘い電流が流れてくるようで、どうしたらいいのかわからない。

なされるがままじゃないかと情けなくなりつつも、不思議と抵抗や嫌悪はかけらも覚えなかった。年上のプライドも、男としての見栄も、いつのまにかどこかへ跡形もなく流されてしまっていた。

「――、橿原も全部脱げ」

それでもなけなしの強がりで、恥ずかしさに埋もれながら命じた。自分のことは忘れていたのか、はい、と橿原が素直に手早く下着を脱ぐ。

（うわ……）

あらわになった体を前に、翔太の心拍数がまた上がった。日頃のガラス作りで鍛《きた》え上《あ》げられた体はしっかりと筋肉がつき、引き締まっていた。その美しさに思わず息を飲む。今まで着替えの場面などに出くわして櫨原の下着姿は何度か見たことはあるけれど、こうして意識的に見ると、櫨原の体は本当に均整が取れて見事だった。

「――なんですか」

視線を感じてか、櫨原が照れくさそうに瞬《まばた》きした。

「……ガラスもきれいだけど、櫨原もきれいだな」

ぼうっと見惚《みと》れて口にした。

「え」

咎《とが》めるような櫨原の声に、翔太がはっと我に返った。

「ごめん。恥ずかしくなること言うなって言っといて、自分が言うなって感じだよな」

苦笑いでごまかすと、櫨原は慈《いつく》しむようなまなざしを翔太に投げかけてきた。

「嬉しいです」

素直な反応に頬が熱くなった。

本当に櫨原はガラスのように澄んだ心を持っている――その曇《くも》りのない輝きで、ずっと自分を包んでほしい。

恥ずかしくて口に出せない思いを唇に託《たく》す。腕を櫨原の首に回し、ぐっと引き寄せた。そのまま櫃原をベッドに倒す。

「ん……」

仰向《あおむ》けになった櫃原の胸に、さっき自分がされた愛撫《あいぶ》を施《ほどこ》した。くすぐったそうに櫃原が眉を寄せて、翔太さん、とこらえきれないような笑いをこぼした。そんな反応を見やりつつ、手を櫃原の下腹部に伸ばす。緊張と興奮を覚えながら、勃《た》ち上《あ》がっている性器にそっと触れた。あ、と櫃原が驚いたような声をもらした。

「……嫌じゃない？」

翔太が尋ねたら、いえ、と櫃原が首を振った。

「翔太さんこそ――、気持ち悪くないですか？」

櫃原が訊《き》き返《かえ》してきて、全然、と返事をした。

初めて触れる他人の性器――それも勃起《ぼっき》したもの。櫃原を意識するようになって、どんな感じだろうとぼんやり想像したことはあったけれど、じかに触れるのとではまるで違っていた。熱くて硬くて、自分と同じ形でありながら、まったく別のもの。嫌悪はまるで湧かず、愛おしさだけを覚えた。不思議だった。

まもなく櫃原の手も、翔太の性器にそっと伸ばされた。

「……俺も触っていいですか」

律儀《りちぎ》に確かめてくる櫃原に、ん、と笑んで頷いた。櫃原が身を起こし、向かい合って座る。

大きな手が壊れ物に触れるように翔太の性器を撫でさする。どちらも初めは遠慮がちだった動きが、互いの吐息が荒くなるころにはためらいがなくなっていった。

他人から慰撫《いぶ》されるのは初めてで、あまりにせつない強烈な刺激に、すぐに我慢が出来なくなる。

「……欅原、ヤバい、出そう」

泣きたい気分で翔太がささやくと、俺もです、と欅原がかすれ声で答えた。

まもなく欅原の手の中で翔太は弾け、欅原も同じように達した。

「──大丈夫ですか？」

気づかわしげに欅原が翔太を窺い見る。大丈夫、とどうにもしがたい羞恥を覚えつつ頷いた。頬が熱を持っているのがわかる。

「……なんかすげえな」

欅原の胸元に額を付け、くすぐったい気分でちいさく笑った。え、とティッシュで翔太の手を拭いてくれていた欅原が不思議そうな声を漏らす。

「完全に友達のライン越えちゃったな。……これで本当に恋人ってことか」

こそばゆさを感じながら呟いた翔太に、欅原がまたくちづけてきた。嬉しい、と涙混じりのささやきが唇から聞こえてくる。

──欅原が嬉しいと自分も嬉しい。そしてもっともっと嬉しくなってほしいと思う。そんな甘ったるい気持ちに押され、体を動かした。

「翔太さん……っ！」

樫原がうろたえた声を上げた。翔太の唇は樫原の性器に触れていた。

「駄目です、翔太さんはそんなことしなくていいから」

必死に樫原は抗《あらが》ったものの、翔太はその抵抗を聞き入れなかった。

「いいんだよ。おれがしたいんだからさせろ」

ゆるく笑って先端をちろりと舐《な》めた。苦くてしょっぱくて、お世辞にもいい味とは言えない。それでもどうしようもなく愛おしかった。歯で傷つけないように注意して口の中に迎え入れた。びくびくと口の中で震える性器を、やりかたはわからないまま、ただひたすら舌と唇で愛撫した。

時折こぼれる、なにかをこらえているような樫原の吐息。その生々《なまなま》しい艶《つや》っぽさにぞくぞくした。

「翔太さん、もうまずい――」

ほどなくして樫原がかすれた声で翔太を止めた。

「いいよ、出して」

不思議な高揚に追い立てられて促す。けれど樫原は翔太の肩を引いた。

「なんでだよ」

途中で止められた落胆と、やはりうまく出来なかったのかという不安、両方を感じながら櫃原を責める。

「……こんなこと言っちゃいけないってわかってるんですけど」

きつく眉を寄せ、どことなく思い詰めたような表情で櫃原が呻いた。

「——入れたい。翔太さんの中に入りたい」

櫃原が濡れた目で苦しげに訴《うった》えた。

(——あ)

一瞬遅れて、そうかと気がついた。男の立場としては当然の欲求だった。同時にいつのまにか自分の意識が受け身側になっていたことに気づく——櫃原のように、入れたいと思うことはなかった。肌を合わせていても、自分の中にそういった、男としての願望が生まれていない。

それでも少しも嫌な気分ではなかったし、プライドが傷つくこともなかった。たとえ抱かれたって自分の性が変わるわけではない。あくまで自分は自分のままだ。何も変わりはしない。

(……そうだよな)

不思議なほど簡単に納得できたし、違和感もなかった。深呼吸をひとつして、翔太がそっと口を開こうとしたら、すみません、と櫃原が謝った。

「変なこと言いました。忘れてください」

真剣な声が聞こえてきた。

「つい調子に乗りました。すみません」

心底から悔やんでいることが伝わってくる。橿原を見やり、翔太はちいさく笑った。

「……いいよ。入れていい」

翔太が返事をした。橿原がふっと面を上げた。苦みがまぶされた橿原の顔をみつめたまま、翔太が続ける。

「なんだよ、それも含めてセックスだろ?」

からかった翔太に、でも、と橿原は申し訳なさそうに眉を寄せた。その気持ちに感謝しつつ、翔太はゆっくり声にした。

「お互い初めてだし、上手く出来るかどうかはわかんねえけどな。それでもそれも記念になるだろ、おれたちの」

笑って言い切ると、橿原がきつく抱き締めてきた。熱い体からかすかな震えが伝わってきてじんとした。

「……本当に翔太さん、男前すぎです」

「おいおい、どこがだよ」

のどかに笑って、橿原の背中をポンポンと叩く。

「その代わりカエルみたいとか思っても言うなよ」

「言いませんし思いません」

翔太の冗談をきっぱり否定し、榲原が翔太の首筋にくちづけた。

「……駄目だと思ったら言ってください。苦しかったら止めますから」

「期待しないで期待してる」

軽口で答え、榲原に身を委《ゆだ》ねた。

緊張しないわけがない。けれど榲原の望みをかなえてやりたかったし、翔太自身榲原と繫《つな》がりたかった。抱き締めて自分だけのものにしたい——そう言った脩斗《しゅうと》の気持ちが今痛烈に理解できた。相手の何もかもが恋しくて愛しくてたまらないから、繫がり合ってひとつになりたい。相手のすべてを自分のものにして、自分のすべてを相手のものにしてほしい。信じられないほどの独占欲だった。

翔太の体をうつぶせにした榲原が、躊躇なく翔太の窄《すぼ》まりを舌先でつついた。

「ちょ、榲原!」

たまらない羞恥を覚えて抗ったものの、榲原はがっしりと翔太の腰を抱《かか》え込《こ》んで離さない。

「痛いですか?」

「そりゃ痛くはないけど——」

猛烈な恥ずかしさはどうしようもない。そんなこちらの気持ちは当然わかっているはずで、それでも榲原の舌は窄まりを舐《な》める。

「ちゃんとやわらかくしておかないと、あとからつらいみたいですから」

少ししてから放たれたやけに冷静なコメントに、思わず翔太は弱く笑った。

「なんだよ、初めてのくせに突き抜けてると思ったら、もしかして調べてた？」

すみません、とバツが悪そうに樫原が詫《わ》びた。

「もしいつかそんな日が来たら、やり方がわからないと困ると思って。……すみません、図々しくて」

いいよと翔太は苦笑いした。樫原は気恥ずかしそうな顔のまま、翔太の中にゆっくりと指を押し入れてきた。異物感に思わず身を硬くした翔太の腰に、宥めるようなキスが落とされる。

「本当はゼリーとかがあればいいみたいなんですけど、さすがに何も用意してなかったから――痛かったら教えてください」

申し訳なさそうに呟く樫原の指が、体の中で慎重《しんちょう》に動き出す。むずがゆいような、押し出してしまいたいような初めての感覚に戸惑いながら、翔太は小刻みに身を揺らした。樫原の指はなおも丹念にうごめく。樫原の食い入るような視線をそこに感じて、どうにもならない羞恥に襲われた。同時に自分の姿で樫原が興奮しているのかと思うと、なんとも言えない高揚《こうよう》を覚えた。

「……大丈夫そうですか？　怖くないですか」

昂《たか》ぶる気持ちのせいか、軽く息を乱し、樫原が気遣うように確かめてくる。ん、と翔太が頷いた。

「もういい——、もういいから」

恥ずかしさから逃げたい気持ち、そしてひとつにつながってしまいたい気持ち——いろいろな思いがぐちゃぐちゃに混ざり合って榴原を求めていた。

「……だからこれ、入れろ」

勃《た》ち上《あ》がった榴原の性器をそっと摑む。榴原の喉が上下するのが見て取れた。

「……本当に無理そうだと思ったら言ってください」

翔太の体を仰向《あおむ》けにし、榴原が労わるように伝えてくる。翔太はゆるく頷き、微笑みかけた。

「——大丈夫だから。来い」

腕を引いて促《うなが》すと、榴原が感極《かんきわ》まったような顔になった。

「……一生大切にします」

「なんだよ、プロポーズかよ」

吹き出した翔太に、はい、と真顔で肯定する。

「一生そばにいてください。俺を見ていてください」

——正直将来のことなんてまだ何ひとつわからない。けれど今、誰よりも榴原が愛しくて、誰よりもそばにいたい。その気持ちがいつか自然と、未来の答えになる気がした。

「……そのつもりだよ」

ちいさく笑って返事をした途端、榴原がたまりかねたようにきつく抱き締めてきた。

「翔太さん、翔太さん――」

せつなげな響きが心と体、両方を甘く揺さぶる。どれだけ櫃原が自分を思ってくれているか伝わってくる。わかったよ、と翔太が櫃原の肩を撫でた。

やがて軽く息を吸い込み、櫃原が翔太のそこに先端を当てた。自分自身を落ち着かせようとしているのか、普段よりも幾分厳《いくぶんきび》しい面持ちにみえた。その表情がやけに色っぽくてぞくりとさせられる。

しばらく慣らすようにゆるゆると当てられていた性器が、やがてゆっくりと入り込んできた。

「……ん――っ！」

今まで経験したことのない、引《ひ》き攣《つ》れるような痛みに思わず声がこぼれた。

「大丈夫ですか。やっぱり無理なんじゃ」

慌てる櫃原の腕を摑み、首を振る。

「なんともない。続けろ」

「だけど」

「いいんだって。ためらってたらいつまで経《た》ってもここから先に進めないだろ」

翔太がきっぱりと言い切った。

「だから来い。おれん中入れ」

強がりではなく本心だった。もっと深く入り込んで、もっと櫃原でうずめて――。自分と櫃原をひとつのいきものにしてしまいたい。

「……本当に、無理だと思ったらすぐ言ってくださいね」

心配性な恋人に、わかってる、と翔太が笑みを浮かべた。櫂原が翔太の頰に頰をすり寄せ、ぐっと一息に腰を進めてきた。圧迫感に一瞬息が止まる。

「──大丈夫ですか」

頷き、気遣う櫂原の背中を抱き締め返す。

「全部入った……？」

尋ねると、はい、と櫂原がかすかに微笑んだ。その瞬間、今までに味わったことがないほどの充足感が広がった。こうなる前、あんなにひたすら緊張して、身構えていたのが嘘のようだ。実際にしてみれば難しいことじゃない──むしろとても簡単な、本能的なこと。

「よかった──、じゃあ動け」

翔太の命令に櫂原が苦笑する。まだですよと答えて、腰を動かさず、翔太の性器に手を伸ばしてきた。痛みで力を失《な》くしていたそれが、櫂原の愛撫で徐々に形を変えていく。同時に体から少しずつ強張《こわば》りが解けていった。

そんな翔太の変化を見計らったように、翔太への慰撫を続けたまま、櫂原がゆっくりと抜き差しを始めた。正直苦しくないわけがない。いくら櫂原が男同士のあれこれを調べてくれていても、知識と実践《じっせん》がすぐに結びつきはしない。それでも痛みよりも幸福感のほうがはるかに強かった。

「平気そうですか？」

翔太をみつめ、橿原が尋ねてくる。ん、と翔太がゆるく首を振った。思わず自然と笑みがこぼれた。

「翔太さん？」

心配そうに問いかけてくる橿原を見上げ、翔太が口を開く。

「……すげえよな。誰にも見せたことない格好見せて、誰も入ったことないところに橿原を入れて、誰にも触られたことないところを触られて」

ゆるやかに息を吐き出し、嬉しさのまま橿原に微笑みかけた。

「これからもいろんな初めてを体験してくんだろうな。……その相手が橿原で、すごく嬉しい。橿原以外とはどんな初めても経験したくない」

そう呟いた途端、体の中の橿原が一層硬さを増した気がした。

「……そんなこと言われたらどうしたらいいんですか」

泣きそうな顔で橿原が呻く。いつもの男らしさが消えて、まるでちいさな子供のようだ。

「本当に好きです。何があってもずっとずっとずっと好きでいさせてください」

がむしゃらに訴えてくる橿原の背中を、翔太がとんとんと叩く。

「――バカ、おれだって同じ気持ちだっての」

とてつもない幸せを味わいつつ呟いた。その直後、切羽詰まったように櫨原が動きを速めた。咄嗟《とっさ》に櫨原にきつくしがみつく。

「はーーっ」

互いの荒い息遣いが、狭《せま》い部屋の中に満ちる。吐息も汗も、何もかもが混ざり合い、ひとつになる。

「……ガラスは生き物だってよく言うんですけど、翔太さんのほうがよっぽどーー」

ひとりごとのように櫨原が呟き、翔太がいつのまにかつぶっていた目をふと開くと、いつも涼しげな櫨原の額に汗が流れているのが見えた。きつく眉を寄せ、何かをこらえているような面持ちーーそうさせているのが自分なのだと思うと、たまらない喜びを改めて覚えた。

「……好き」

ありったけの思いを込めて耳元でそうささやいた瞬間、翔太と櫨原、ふたり同時に吐き出した。


「ーーよかったなぁ、いいのが出来て」

夜の工房のテーブルの上に載せられた大皿を見て、翔太《しょうた》がしみじみと感嘆《かんたん》の息をついた。

「おかげさまで」

隣に並ぶ樫原《かしはら》の言葉は少ないけれど、作品の出来栄えに満足していることは横顔から伝わってくる。

ここしばらく工房にこもっていた樫原から電話があったのは、夏休みも残りわずかになった今日だ。品評会に出す作品が出来上がったので見てほしいという言葉に、翔太はすぐに工房に駆け付けた。待っていてくれた美波《みなみ》が、紺野《こんの》くんのおかげよ、と涙目で礼を言ってくれて、いえ、と翔太は気恥ずかしい思いで首を振った。

翔太を待っていたのは雪をモチーフにした白の大皿だった。ダイナミックさと繊細《せんさい》さを併《あわ》せ持つ意匠《いしょう》はとても美しく、一目で翔太の心を奪った。

「結果はどうでも――、自分でこれだと思うものが作れたので」

息をつき、樫原が言う。うん、と翔太も同意した。

「ホントにいいな、これ。テーマは何？」

「初めて、です」

すこし悪戯《いたずら》っぽい目で樫原が答えた。

「あの夜をイメージして作ってみました。夏だけど、翔太さんの肌《はだ》が雪みたいにきれいだったので」

こそっとささやかれた秘密の解説に、翔太の熱が上がる。無言で睨《にら》むと樫原が楽しそうに笑った。

「なあ、今日は帰ってこれるのか？」

ぽそりと翔太が尋ねると、はい、と櫨原は晴れやかに頷いた。

思いを伝えあったあの翌日から、櫨原はずっと工房に籠《こも》りきりだった。寂しくないと言えば嘘になるけれど、これが本来の櫨原の姿なんだと思うと嬉しくもあった。ガラス作りに没頭《ぼっとう》するならそれでいい。そんな櫨原を、出来る限り支えようと思う。

「このあとは、寺井《てらい》のおじいさんとおばあさんにビールグラスを作ってみようかと思ってます。遅くなっちゃいましたけど、浴衣《ゆかた》のお礼に」

「そうか、きっと喜んでくれるな」

ふたりの感激する顔を頭に描いて翔太が微笑《ほほえ》む。だといいんですけど、と櫨原も笑みを浮かべた。

「……そのあとでペアのガラスのアクセサリーを作ろうかなと。——受け取ってくれますか」

恋人がぽそりとささやいた。その顔をみつめ、ください、と翔太はちいさく笑った。

永遠になりたい

eien ni naritai

「んー、いい風」

夜の気配を含んだ風が吹き抜ける中、翔太《しょうた》が伸びをする。無邪気な恋人の横顔に、本当ですね、と橿原《かしはら》は微笑《ほほえ》みかけた。

夕暮れの空の下、家からアパートに向かって翔太とのんびり歩く。バイトを終えた翔太が工房にいる橿原を迎えにきて、ふたりで帰るのがいつもの習慣になっている。付き合いだして一年——大好きなひとと過ごすそんななにげない時間は、いつも橿原にかけがえのない幸福を運んできてくれる。

「アパート帰ったら部屋の中、またもわーっとしてんだろうな」

うんざりとした面持《おもも》ちで翔太が呻《うめ》き、橿原が苦笑いした。

「今日は昼間、かなり暑かったですしね」

「ホントだよ。まあ八月だし、暑くなかったらそれはそれで困るんだけどな」

ぼやき混じりに翔太が息をついて、橿原もちいさく笑った。

家族からの夕食の誘いを断ったのは、早く翔太とふたりになりたかったからだ。けれど夏休みに入り、一日バイトをして疲れている翔太のことを思えば、実家で食事をして、ほどほどに暑さが引いた時刻に帰るほうが良かったかと反省していたときだった。

(——あ)

ふっと思いついた。同時に声にする。

「――翔太さん、ちょっと夕涼みして帰りませんか？」

「お、いいな。どこで涼む？　駅前か、花園《はなぞの》か？」

違う方向での夕涼みを想定したらしく、翔太がわくわく問いかけてきた。すみません、と櫨原が軽く眉《まゆ》を寄せて微笑んだ。

「ちょっとそっち方面じゃないんですけど。――行ってみませんか？」

「え？」

きょとんとする翔太の腕を軽く引き、自宅の方向へ戻る。家の裏側にある、木々が立ち並ぶ小高い山に入ろうとすると、おい、と翔太が慌てて呼び止めてきた。

「まずいだろ、『立入禁止』って看板出てるぞ」

「大丈夫です、うちの土地なので」

のんびり返して軽い斜面《しゃめん》の山道を歩き始めたら、え、と翔太が目を丸くした。

「別に誰が入ってもいいし、日中は子供たちも遊び場にしてるんですけど、万一不法投棄《とうき》とか野火とかあったら困るので、そういう意味で立て札立ててるんです。あ、今まで熊が出たことはないから安心してください」

「……マジかよ、山持ってんのかよ」

驚いたように笑う翔太に、山っていうほどのものじゃないですけど、と生《お》い茂《しげ》る草を踏みしめて櫨原が答えた。

「昔曾祖父《そうそふ》が買ったみたいです。俺も子供のころはよくここで遊んでたんですよ」

「ガラスを作り出す前か？」

おっとりと尋ねてきた翔太を見て、はい、と笑う。

「雪解けの水が小川に流れてるのをきれいだなって思ったり、木洩れ日《こもび》の影を飽《あ》きないでずうっと見てたり」

へえ、と答える翔太の声を聞きながらぼんやりと思い返す。この山に入るときは大抵ひとりだった。一緒に遊ぼうと誘ってくれる友達はいたけれど、山を走り回ったり追いかけっこをしたりするよりも、自然が作り出す美しさをひとり五感で感じるほうが好きだった。

ガラスを作るようになってからも、時折ここにやってきては自然が織《お》り成《な》す造形を眺めて感覚を刺激したり、気分をリセットしたりしている。気付いたときには自分の中での大事な場所になっていて、今そこに大事なひとを招き入れていることに橿原は感慨《かんがい》を覚えた。

「大丈夫ですか？　気を付けてください」

一応長年に亘《わた》って草が踏みしめられて出来た道らしき道はあるものの、もう七割がた夜に傾いている頃合いで足元は薄暗い。

「なんともない。おれだって自然の中で育ったんだし」

自信たっぷりに言ってのけた翔太が、でも、とにやっとした。

「ここなら誰もいないよな」

からかうように呟き、不意に橿原の手を握りしめてきた。てのひらから伝わってくる熱が、全身をちりちりと駆け巡《めぐ》った。それに後押しされるように、ぎゅっと翔太の手を握り返す。

人気《ひとけ》のない場所とはいえ、好きなひとと手をつないで外を歩ける——そんな幸福が自分の身に降ってきたことに、この一年感謝しない日はない。

数分して、山の頂《いただき》近くに着いた。少し平地になっているここは、昔から遊び場だったり休《きゅう》憩所《けいじょ》だったりに使われてきた場所だ。

「お疲れさまでした。……どうですか？」

名残惜《なごりお》しさを覚えつつ手を解き、代わりに翔太の肩をポンと叩いた。木々の隙間から眼下に広がる景色に、翔太が目を瞬《しばたた》かせた。夕暮れから夜へと変わる空。その下の海と陸のラインを示すように光る、いくつもの小さな光の粒《つぶ》。

「すげ——」

身を乗り出し、翔太が興奮を含んだ声をもらす。

決して華《はな》やかではない小樽《おたる》の夜景。それでもそこで暮らす人々が作り出す夜の景色は、温かなきらめきに満ちていた。

「昼もきれいなんですけど、この時間の景色もいいんですよ。天狗山《てんぐやま》とか毛無山《けなしやま》とか、有名どころには敵《かな》わないけど、ここからもそれなりに」

「ホントだな——、いいな、この眺め」

きらきら輝く翔太の瞳は、樏原には夜景以上に輝いてみえる。

「夕涼みにはもってこいだな。気持ちいい」

翔太がゆるく息を吐き、目を細めた。無垢な色香のある横顔にときめきながら、よかった、と樏原は微笑んだ。

「……こういうところで、こういう景色を見て、樏原は今の樏原になったんだな」

感慨深そうに翔太が言った。

「嬉しいもんだな、そういうのを知るのって。もっと知りたい」

幸せそうに口にした翔太の肩を、ぐっと引き寄せた。

「樏原？」

怪訝そうな、笑いを含んだ声。その持ち主を抱き締める。

本当に大好きで、愛《いと》おしいひと。自分を理解してくれている——もっと知ろうとしてくれているひと。そんなひととこれからも一緒にいられる——その喜びに全身が打ち震える。

——翔太の卒業後の就職先は、樏原工房になった。来年の春からは社員として、ショップで働いたり、工房の経理を担《にな》ったりする。樏原にとっては信じられないほどに幸せな未来に、いまだに夢を見ているんじゃないのかと思ってしまう。

そもそもは去年の秋の終わり、いつものように翔太の部屋で夕食を摂《と》ったあと、ショップのスタッフのひとりが結婚を機に退職することになったので、新たなバイトを募集するらしいという美波《みなみ》から聞いた話を、櫂原が何の気なしに口にしたことから始まった。

(バイトか――)

そう呟いたあと、翔太はどことなく考え込んでいるような顔になった。

(翔太さん……?)

怪訝《けげん》に思った櫂原が呼びかけたのと、あのさ、と翔太が口を開いたのは同時だった。

(おれ、応募したら駄目かな)

(え?)

思いがけない言葉に櫂原が目を見開いた。そんな櫂原をみつめながら、翔太が真剣な面持《おもも》ちで言った。

(櫂原と知り合ってから、ガラス、すごく好きになったし。おれもガラスに関わってたいなって)

そう声にした翔太の表情はひたむきで、真摯《しんし》な光を放っていた。それからぽそりと付け加えた。

(……っていうか、それ以上にちょっとでも櫂原と繋《つな》がってたいっていうか)

そんなことを言われて舞い上がらずにいられるわけがなかった。結局そのあとは会話が出来る状態ではなくなったものの、翌日、早速翔太は櫂原とともに店に行った。以前から翔太を気に入っている美波が翔太の申し出を拒《こば》むわけもなく、その場で採用が決定した。

恥ずかしいから来るなと言われたせいで、翔太の働きぶりをなかなか見ることは出来ないけれど、美波から高い評価を受けていることはわかっていた。

勤務態度は真面目《まじめ》、仕事覚えも早いし、接客も親切で親身、誰からの評判もいいと、翔太が働き出してすぐに美波も絶賛していた。

（……あーあ、紺野《こんの》くん、このままうちに就職してくれないかなぁ）

そんな状態だったから、バイトを始めてひと月が経ったころ、半分冗談、半分本気な呟きを美波がもらしたときも榲原は驚きはしなかった。

（私だっていつまで日本にいるかわかんないし。紺野くんなら安心して後を任せられるんだけど）

結婚を前提に付き合っている美波の恋人はアメリカ人で、今は日本で働いているものの、将来的には母国へ帰る予定らしい。そのとき結婚していたら、やはり美波も渡米することになるのだろう。

（販売も経理も出来る、しかも家族以外で灯《ともる》のことをちゃんと理解してくれてるひと、紺野くん以外いないわよ。灯だって紺野くんがうちにいてくれたら嬉しいでしょ？）

（それはそうだけど——）

確かにそんな夢を思い描いたことがないと言ったら嘘になる。翔太と一緒に仕事が出来たらと、漠然とした憧《あこが》れを抱《いだ》いてはいた。

とはいえ、櫃原工房が翔太の就職先として最適かといえば、自信をもって推《お》せなかった。今の時代一流企業が必ずしも安泰《あんたい》というわけではないにせよ、それでも一ガラス工房に比べたら、間違いなく安定感はある。そもそも翔太は就職をどこでするつもりなのか——小樽や札幌《さっぽろ》か、それとも地元に帰るのか、それも知らずにいた。逃げているだけだとわかっていても、聞くのが怖かった。

付き合うようになる前、世間話的に卒業後の話になったとき、道外に出ることは考えていないとだけは言っていたけれど、そのあとどんなふうに気持ちが変わっているかわからない。

……もし小樽を離れると言われたら。札幌辺りはともかく、地元に帰ると言われたら。もちろん離れたからそれで終わりということにはならないだろうし、なってほしくもない。でも翔太がそばにいなくなると寂しいし、心細い。

とはいえそんな自分の気持ちを伝えて、それが翔太の足枷《あしかせ》になってはいけないと我慢していた。翔太の未来に関わる大切な選択だ。余計なしがらみなしに、しっかりと考えてほしいと思った。

だから年が明けてまもなく、実家で正月を過ごして戻ってきた翔太に、話があると少し改まった様子で切り出されたときにはドキッとした。緊張しつつ向き合った櫃原に翔太が告げたのは、これから先のことなんだけど、というひとことだった。無意識に背筋が伸びた。

（……今までずっと考えてた、これからのこと。おれ、櫃原が作るものが好きだ。櫃原も卒業したら、本腰入れて作品を作ることになるだろ。そうやって榁原が作ったものを、おれが店に並べて、おれが売りたい。おまえの世界におれも関わってたい）

そう口にした翔太の瞳は強い決意に満ちていた。それってつまり——息を呑《の》んでその姿をみつめていた榁原に、翔太が我に返ったようにはっとして、顔を赤らめた。

（や、もちろんおれがそうしたいって言っても、採《と》ってもらえなきゃどうしようもないんだけど。榁原工房が採用する予定があるのかどうかもわかんないし。ただ実家にも、就職は小樽か札幌ですることになると思うって伝えてきた。……そういうわけで、おれが卒業してからもできたら榁原工房で働きたいって言ったら、榁原困るか？）

（……っ、困るわけないじゃないですか——っ！）

翔太の両肩を摑《つか》み、泣きたい気分で返事をした。

（すごく嬉しいです。めちゃくちゃ嬉しいです）

ありったけの思いを込めて伝えた。翔太はちょっと照れたように、けれどほっとしたように微笑んでくれた。

そのあとで一応面接などを行って、翔太は大学卒業後の春から社員として正式に榁原工房で働くことになった。美波ばかりではなく、両親も翔太がこのまま働いてくれたらと願っていたようで、翔太の決断にとても感謝し、喜んでいた。

こうして一緒にいられる状態がお互い卒業してからも続くなんて、本当にあり得ないような幸せだと思う。

だからせめてこれから、翔太が喜んでくれるような作品を作っていきたい。翔太が自信を持って、店に訪れてくれた人たちに勧められるようなものを作りたい。

「……俺、工房もっと大きくします」

「なんだ、いきなり」

橿原の宣言に翔太がくっと笑った。わずかに身を離し、そんな翔太をみつめ、橿原は声にした。

「大きくっていうか、もっと安定させるっていうか。翔太さんの生活が懸《か》かってるんだから。一緒に仕事してよかったって思ってもらえるように頑張ります」

力を込めて告げると、バカ、とやわらかなまなざしが戻された。

「別におれは楽な生活したいとか、稼《かせ》ぎたいとか、そういうことはこれっぽっちも考えてねえよ。だから余計な心配しないで、橿原は自分の作りたいものだけ作ってろ。ほかのことはおれが全部引き受けるから。……おれはただ、橿原と一緒にいられればそれだけで」

そう呟いた翔太が、不意に恥ずかしげに視線を逸《そ》らした。

「――なんてな、何様のつもりだって話だよな。そもそもまだ社員になってもいないくせに」

軽く背を向け、照れくさそうに笑う翔太を背中からきつく抱き締めた。翔太の体がびくりと強張《こわば》る。けれどすぐにその緊張は解けた。

「……嬉しいです」

この気持ちが伝わるようにと願いながら、抱き締める腕に一層力を込める。

「翔太さんとこの先もずっといられて――、いたいって思ってもらえて」

今までに何度も口にしてきた。でも何度でも言いたい。心の底からの思いを翔太に届けたい。

「ずっとずっと翔太さんのそばにいたいです。……俺が何も作れなくなっても、それでもそばにいてほしい」

「――当たり前だっての」

茶化すような、そのくせ優しい声。榧原の手に、翔太の手が重ねられた。

「前にも言っただろ。榧原がガラスを作らなくなっても榧原のことが好きだって。ガラスを作る榧原が好きだけど、ガラスが作れるから好きになったんじゃない。……だからおれが榧原工房に就職したからって、もし榧原がガラス作るのが嫌になったら、おれに遠慮しないで止《や》めていいんだからな」

「はい――」

慈《いつく》しみに満ちた言葉に涙がこぼれそうになる。翔太はいつも自分の欲しい言葉をくれる。どんな自分でも愛してもらえる――それはなんて心強いものなのか。

榧原の指を弄《いじ》り、だけど、と翔太が笑った。

「そういうときがくる気、全然しないけどな。今年の学祭の『秋』の器もすごく良かったし、こないだも賞もらったし」

「たまたまです」

首を振った途端、謙遜《けんそん》すんな、と翔太がひやかしてきた。

「櫨原はもっと自分が作るものにも、自分の能力にも自信を持てばいい。それだけの力があるんだから」

力なんかない。本当に運が良かっただけだ。そしてガラスが好きなだけ。それでもそんな自分のそばに翔太がいてくれる——そのことが何よりも力になる。

「……好きです」

耳元でそっとささやくと、知ってる、とすぐに返事が戻る。翔太の耳朶《じだ》がほのかに赤い。その赤に誘われて、ついくちづけた。

「ん——っ」

翔太がぴくっと肩を揺らす。吐息混じりの声に櫨原の情欲が刺激された。するりと右手をTシャツの中に入れた。

「——バッ、こんなところで」

抗う翔太に耳を貸さず、指先で胸の突起を捏《こ》ねるようにしてつまむ。

「おい、やめろって。誰か来たらどうするんだよ」

「大丈夫です。『立入禁止』の札立ってたでしょう」

「それはそうだけど」

「……もし誰かに見られたら、そしたら俺が全力で翔太さんを守りますから。今だけじゃない、これからもずっと」

誓《ちか》うようにささやき、首筋にくちづける。あ、と翔太が震える甘い声を上げた。

今はまだ自分たちの関係は誰にも知られていない。それでも年数が増せば増すだけ、周囲に気づかれる可能性は高まるかもしれない。でも何が起きたとしても、必ず翔太を守る――守れるための力をつける。ずっとそばにいたいから、そのためにどんな努力だってする。

「――守んなくていいよ」

ぼそっと翔太がつぶやいた。え、と橿原が動きを止める。振り返った翔太が、やさしいまなざしで言い切った。

「おれが橿原を守るから」

その言葉を聞いた瞬間、理性の糸が切れる音がした。

「……んッ」

驚く翔太にがむしゃらにくちづけていた。舌を絡ませ、むさぼるようなキスをする。

好きで好きでたまらない、自分でもどうしようもない感情。これほどの情熱を誰かに抱《いだ》ける
なんて知らずにいた――教えてくれたのが翔太で良かったし、翔太以外の誰にも、こんな感情

を掘り起こされることはなかっただろうと思う。

これからもっといろいろな、初めての感情に向き合うことがあるだろうし、戸惑うことも迷うこともあるだろう。それでも翔太がそばにいてくれればどんなことも乗り越えていける気がした。

「好きです……、好きです」

何度言っても言い足りない。心の底から湧き上がってくる熱い思いをどうしたらいいのかわからない。

「……おれだって好きだっての」

気恥ずかしげに翔太が呟き、榿原に掠《かす》めるようにくちづけてきた。

「──こんなに好きにさせてどうすんだってくらい好き」

照れ隠しだろう、睨《にら》むようにして告げた頰がこの上なく赤く染まっているのが、夜目にもはっきりとわかる。その美しさに視線を奪われていると、翔太が食いつくようなキスをしてきた。

「……ここまで火ぃつけたんだ、責任取れよ」

挑発的に言い放った翔太に、いいんですか、と自分を宥《なだ》めて確かめる。一秒後、うん、ときっぱり頷いた翔太に荒々しくくちづけていた。

誰も来るはずがないとわかりながらも、少しでも翔太の不安を和《やわ》らげようと、人目に付きにくい木の影に入る。木の幹を背に立たせ、翔太のTシャツをたくし上げ、乳首《ちくび》を舐《な》めた。最初のころはくすぐったがっていた胸の突起は、今ではくすぐったさとは別の感覚を覚えるようになってくれたらしい。つんと尖ったそこを舌先でなぶると、翔太が身を跳ねさせた。

「は……ッ」

やがて翔太の口からこらえきれないような淡い喘《あえ》ぎがこぼれ、それが橿原をまた燃え上がらせた。翔太のハーフパンツとボクサーパンツをずり下ろし、待ちかねていたように飛び出してきた性器にためらいなく唇を寄せた。

「橿原――っ」

もう何度もしている行為なのに、翔太はいつも恥じらう。そしてその羞恥《しゅうち》に染まる姿に、橿原は劣情《れつじょう》を煽《あお》り立《た》てられてしまうのだ。

「いいから……、そんなことしなくていい」

膝立ちして翔太の性器を口に含む橿原の肩を翔太が軽く引く。けれど橿原は唇も指も離さなかった。弱く強く、緩急《かんきゅう》をつけて刺激する。翔太の体が甘ったるく震えた。

「……おれにも何かさせろ」

ちょっと拗《す》ねたようなトーンなのは照れているせい。この一年で恋人のそれくらいの癖《くせ》はわかるようになった。

「翔太さんは何もしてくれなくていいです」

「だけどおれだって——」

軽く息を乱し、ねだるような瞳を向けてくる翔太の艶《つや》めかしさに倒れそうになりつつ、なおも愛撫《あいぶ》を続けていたら、ぺち、と軽く頬を叩かれた。

「……、入れろ」

短い命令を下した翔太の顔は、今まで見たことがないほどの妖艶さに満ちていた。櫃原の全身に甘美な痺《しび》れが走った。

「——いいんですか」

そっと問いかけると、翔太が櫃原の腕を引いて立ち上がらせた。吸い込まれそうなまなざしが櫃原に向けられる。

「言ったろ、火ぃつけた責任取れって」

甘さを含んだ声で言い切り、櫃原のジーンズのジッパーを下ろす。

「翔太さん——ッ」

「よし、勃ってんな」

満足そうに呟き、惑《まど》う櫃原の性器に指を這《は》わせる。ぬるりとした先走りを全体に塗《ぬ》り込《こ》めるようにして扱《しご》かれた。そこまでされて堪《こら》えられるほど老成していない。

「——すみません、我慢できなくて」

翔太の窄《すぼ》まりにおずおず指を伸ばし、ため息混じりに詫《わ》びた。

「ここで我慢されたらおれの立場がないだろ」

苦笑し翔太の首筋が、新たな刺激のせいでか揺れる。首元でガラスのペンダントトップがかすかに弾《はず》んだ——色違いで同じものが樫原の首にも下げられている。

ゆっくりと指を翔太の体内に潜《もぐ》り込《こ》ませた。ん、と翔太が甘く眉《まゆ》を寄せる。きつく締め付けられて、指ではないものを入れたくてたまらなくなる。それは翔太も同じだったらしい。

「……いいから、もう」

命じているような、ねだっているような、樫原を蕩《とろ》かす響き。はい、と熱に浮かされたように返事をした。翔太の両手を木の幹に付かせ、軽く腰を突き出すような格好にさせる。その強烈な色っぽさにくらくらしながら、樫原は翔太の中にぐっと一息で入り込んだ。

「ん——ッ」

翔太が衝撃をこらえるような声をもらす。すみません、と謝りつつ樫原はゆっくりと体を動かし、前に回した右手で翔太の性器を愛撫した。徐々に翔太の性器が硬くなり、それと反比例するように体の中は柔《やわ》らかくなっていく。

「……すごい、翔太さんの中。トロトロできゅうきゅうで最高——」

「恥ずかしいこと言うな」

詰《なじ》る翔太の耳朶を、でも本当のことですよ、と樫原が甘く噛む。

「……翔太さんもよくなってくれてますか?」

「よくないわけないだろ。——おれの体のことなんか、橿原のほうがわかってるくせに」

照れくさげに言い放たれ、橿原は苦く笑った。

最初は何もわからずに、ただネットで仕入れた情報だけが頼りだったけれど、肌《はだ》を合わせるごとに翔太の体から覚えていった。頭や知識ではなく、体と経験で覚えるのは多分ガラス作りと同じだ。

「——すみません、もう出そうなんですけど」

まだ入れたばかりなのに情けないと思いつつ、あまりの快楽の前にたやすく解放を迎えそうになる。おれも、と翔太が後ろに視線を流してちいさく笑った。

「とりあえず一度——、でも続きは部屋に戻ってからな?」

はい、と頷いて橿原が手と腰の動きを速める。たまらない幸福の中、まもなくふたり同時に吐き出した。

「……夕涼みにならなかったな」

橿原の指先に指をからませた。翔太がふと呟いたのは、数分後、山を下りようとしたときだった。当初の目的をすっかり忘れていた橿原が、あ、と声をもらす。

「すみません、すっかり——」

涼むどころか余計に暑くなることをしてしまった。慌てる橿原を見て、翔太が笑う。

「——でもこんな逆夕涼みもいいよな」

橿原をみつめたまま、ぎゅっと手をきつく握って翔太が言った。

幸せで幸せで幸せで幸せで——きらきら輝く恋人に、橿原は思いの丈《たけ》を込めてくちづけた。

翔太が一層強く手を握ってきた。

あとがき

AFTERWORD

―桜木知沙子―

こんにちは。さわやかな季節になりました。お元気にお過ごしでしょうか？

ただいま札幌《さっぽろ》は八重桜《やえざくら》の季節です。近所にはいわゆる桜の名所と呼ばれる公園があるのですが、近いばかりに「いつでも行けるさ」的油断が災《わざわ》いしてか、ここ数年咲いているところをゆっくり見たことがありません。それじゃ寂しい、今年こそはと思っていたら、なんと先ほどから雷つきの雨が降り始めました。現在お隣の庭の八重桜がはらはらと散っております。と書いていたら、ぎゃー、さらに雨脚が強まってきた！　しかも風まで！　……また今年も見逃《みのが》し確定のようです。

思い返してみれば、ペンネームにもらったほど好きな花なのに、今までの人生でなかなか旬《しゅん》の状態の桜にしっかりお目にかかったことがない気がします。以前函館《はこだて》の五稜郭《ごりょうかく》公園に行ったときはまだまったく咲いてなかったし、静内《しずない》の二十間《にじゅっけん》道路に行ったときは葉桜でした。何事にもタイミングってありますよね。というか私の人生、あれこれタイミングを逃してばかりのような……。

しかし近所の和菓子屋さんの期間限定桜餅《さくらもち》は、今年もタイミングを逃さずしっかりいただきました。花は見なくても餅は食べる、それが私と桜の関係のようです。

ところで今回のお話は、坂の町、小樽《おたる》が舞台になりました。両親が小樽出身なので、私も小学校二年の時に札幌に引っ越して来るまで小樽で暮らしていました。今もちょくちょく行っています。

札幌ももちろん好きなのですが、小樽にはまた別の思い入れがあります。子供時代の楽しくて懐かしい思い出がたくさん詰まっているからでしょうか。夏の朝、まだ人が来ていない冷たい海に連れて行ってもらったり、運河までいとこたちと散歩に出かけたり、朝市にとれたての魚を買いに行ったり。

作中にも出てくる潮《うしお》まつりももちろん楽しみでした。屋台が出て、提灯《ちょうちん》が吊《つ》るされて、いつもとは別の町になったようなにぎにぎしい町の中を、浴衣《ゆかた》姿の人たちが「潮音頭《おんど》」を踊りながら練り歩く潮ねりこみは、特にいつもわくわくして見ていました。

ガラスのお店にも家族でよく行ったのですが、きらきら輝くガラス製品のあれこれは子供心にもきれいに思えて、飽《あ》きずにずっと眺めていた覚えがあります。

昔は当たり前に思えていたそんな平凡な日常が、近頃とても愛《いと》おしく、涙が出るほど大切なものに思えるようになりました。……年取ったな！

ちなみに「おまつりの花火を見ながら告白すると上手《うま》くいく」というジンクス、子供のころに聞いた記憶があるのですが、今はどうなのかなあ（というかそもそもその記憶自体正しいのかどうか）。何はともあれ、今も昔も潮まつり最終日の花火は大人気みたいです。

さて、今回もたくさんの方々のお力添えをいただいて、本にしていただくことが出来ました。編集部の皆様がた、ご迷惑をおかけしてばかりで本当に申し訳ありません。もっとテキパキ出来たらいいのに、年齢とともに元来のノロノロぶりに拍車がかかってどうにも申し訳ないかぎりです。少しでもご面倒をおかけせずにすむように頑張りたいと思いますので、引き続きよろしくお願い致《いた》します。

イラストをお引き受けくださいました陵《みささぎ》クミコ様、どうもありがとうございました。私にはもったいないくらいに繊細《せんさい》で素敵で美しいイラスト、ラフを拝見するたびにきゃあきゃあ叫んで萌《も》えていました。もうもうめちゃくちゃ幸せです。

そしてこの本をお手に取ってくださったかたに、心よりお礼申し上げます。ありがとうございました。翔太《しょうた》と樫原《かしはら》の恋、少しでもお楽しみいただけますと嬉しいです。もっと小樽の町やお店の描写をしたかったのに、そんな場面があまり作れなかったことが残念ですが（老舗《しにせ》洋菓子屋さんの喫茶部でクリームぜんざいを食べているふたりとか・笑）、もし小樽に行ってみたいと思っていただけたりしたら、喜びのあまり「潮音頭」を踊っちゃいそうです。

それでは、どうぞ楽しい夏をお迎えくださいね。

また、お会いできますように。

二〇一五年　五月

桜木　知沙子

この本を読んでのご意見、ご感想などをお寄せください。
桜木知沙子先生・陵クミコ先生へのはげましのおたよりもお待ちしております。

〒113-0024　東京都文京区西片2-19-18　新書館
[編集部へのご意見・ご感想] ディアプラス編集部「特別になりたい」係
[先生方へのおたより] ディアプラス編集部気付　○○先生

- 初出 -
特別になりたい：小説DEAR+ 2014ナツ号 (Vol.54)
恋人になりたい：書き下ろし
永遠になりたい：書き下ろし

[とくべつになりたい]
特別になりたい

著者：**桜木知沙子** さくらぎ・ちさこ

初版発行：2015年6月25日

発行所：株式会社 新書館
[編集] 〒113-0024
東京都文京区西片2-19-18　電話 (03) 3811-2631
[営業] 〒174-0043
東京都板橋区坂下1-22-14　電話 (03) 5970-3840
[URL] http://www.shinshokan.co.jp/

印刷・製本：株式会社光邦

ISBN978-4-403-52382-3

ディアプラスBL小説大賞
作品大募集!!

年齢、性別、経験、プロ・アマ不問!

賞と賞金

大賞:30万円 +小説ディアプラス1年分
佳作:10万円 +小説ディアプラス1年分
奨励賞:3万円 +小説ディアプラス1年分
期待作:1万円 +小説ディアプラス1年分

*トップ賞は必ず掲載!!
*期待作以上のトップ賞受賞者には、担当編集がつき個別指導!!
*第4次選考通過以上の希望者の方には、個別に評をお送りします。

内容

■キャラクターとストーリーが魅力的な、商業誌未発表のオリジナルBL小説。
■Hシーン必須。
■同人誌掲載作は販売・頒布を停止したもの、ネット発表作品は該当サイトから下ろしたもののみ、投稿可。なお応募作品の出版権、上映などの諸権利が生じた場合、その優先権は新書館が所持いたします。
■二重投稿、他者の権利を侵害する作品の投稿は固く禁じます。

ページ数

◆400字詰め原稿用紙換算で**120**枚以内(手書き原稿不可)。可能ならA4用紙を縦に使用し、20字×20行×2~3段でタテ書き印字してください。原稿にはノンブル(通し番号)をふり、右上をひもなどでとじてください。なお、原稿には作品のストーリー概要を400字以内で必ず添付してください。
◆応募原稿は返却いたしません。必要な方はバックアップをとってください。

しめきり 年2回:1月31日/7月31日(当日消印有効)
発表 1月31日締め切り分……小説ディアプラス・ナツ号誌上(6月20日発売)
7月31日締め切り分……小説ディアプラス・フユ号誌上(12月20日発売)

あて先 〒113-0024 東京都文京区西片2-19-18
株式会社 新書館 ディアプラスBL小説大賞 係

※応募封筒の裏に【タイトル、ページ数、ペンネーム、住所、氏名、年齢、性別、電話番号、メールアドレス、連絡可能な時間帯、作品のテーマ、執筆日数、投稿歴、投稿動機、好きなBL小説家】を明記した紙を貼って送ってください。